T0021724

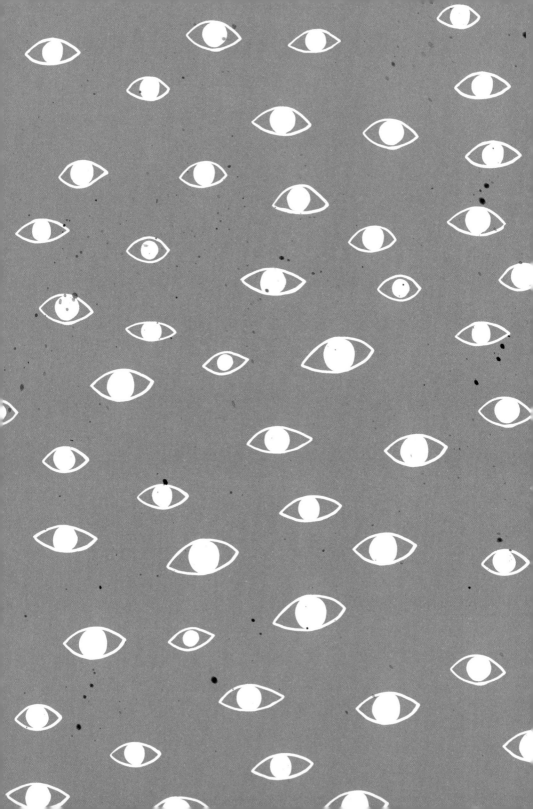

STEFAN ZWEIG

VEINTICUATRO HORAS EN LA VIDA DE UNA MUJER

ALMA CLÁSICOS ILUSTRADOS

STEFAN
ZWEIG

VEINTICUATRO HORAS
EN LA VIDA DE UNA MUJER

Traducción de Claudia Toda Castán

Ilustrado por
Carmen Segovia

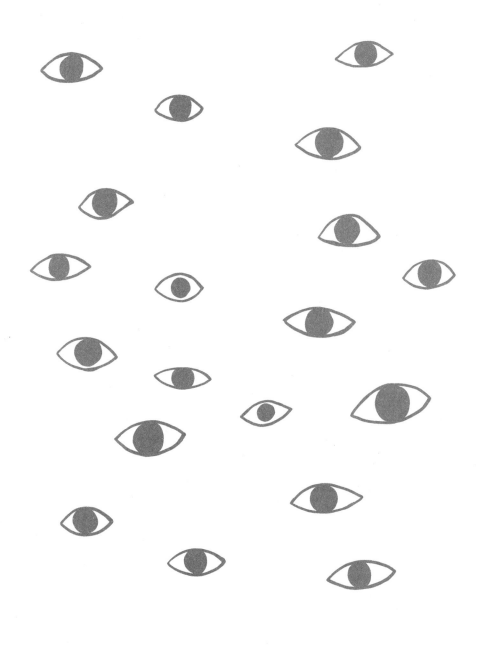

Título original: *Vierundzwanzig Studen aus dem Leben einer Frau*

© de esta edición:
Editorial Alma
Anders Producciones S.L., 2023
www.editorialalma.com

 @almaeditorial

© de la traducción: Claudia Toda Castán

© de las ilustraciones: Carmen Segovia

Diseño de la colección: lookatcia.com
Diseño de cubierta: lookatcia.com
Maquetación y revisión: LocTeam, S.L.

ISBN: 978-84-18933-56-1
Depósito legal: B-4075-2023

Impreso en España
Printed in Spain

Este libro contiene papel de color natural de alta calidad que no amarillea (deterioro por oxidación) con el paso del tiempo y proviene de bosques gestionados de manera sostenible.

VEINTICUATRO HORAS
EN LA VIDA DE UNA MUJER

En la pequeña pensión de la Costa Azul donde me alojaba hace ya mucho tiempo, diez años antes de la guerra, se produjo en nuestra mesa una fuerte discusión que, de manera inesperada, amenazó con desembocar en una violenta disputa e incluso en abiertas hostilidades y ofensas. La mayoría de las personas poseen poca fantasía. Cuanto no las alcanza de lleno, cuanto no introduce una afilada punta hasta el centro de sus sentidos, apenas logra encenderla; pero si delante mismo de sus ojos, tan cerca que podrían tocarla, sucede aunque solo sea la más mínima minucia, al instante se despierta en ellas una pasión desmesurada. Entonces parecen sustituir su habitual falta de interés por una vehemencia exagerada y fuera de lugar.

Esto fue lo que sucedió en nuestro círculo de comensales, del todo burgués, que por lo general cultivaba pacíficamente el *small talk* y las inofensivas bromas ligeras, y que, en la mayoría de las ocasiones, se despedía nada más terminar la comida: la pareja alemana se marchaba de excursión y a cultivar su afición a la fotografía, el cachazudo danés se iba a aburridas sesiones de pesca, la distinguida dama inglesa volvía a sus libros, la pareja italiana hacía escapadas a Montecarlo y yo me retiraba a haraganear en el jardín o a trabajar. Sin embargo, en aquella ocasión nos quedamos allí como enganchados por la enconada discusión; y si alguien se levantaba de pronto no era, como solía, para despedirse de la manera más cortés, sino impelido por la acalorada exasperación que, como ya he mencionado, adquiría un cariz abiertamente violento.

El suceso que había alterado de semejante manera a nuestro grupito era sin duda muy singular. La pensión donde los siete nos alojábamos se presentaba desde fuera como una villa independiente (¡ah, qué vista tan extraordinaria de la rocosa costa ofrecían sus ventanas!), pero en realidad era el hospedaje de precio módico del gran hotel Palace, al que se encontraba unido por el jardín, de tal modo que nosotros, los vecinos de enfrente, vivíamos en continuo contacto con sus huéspedes. Pues bien, el día anterior aquel hotel había sido escenario del escándalo perfecto. En el tren de

mediodía, el de las doce y veinte (debo reseñar la hora con total exactitud porque es importante tanto para este episodio como para el tema de aquella acalorada discusión), había llegado un joven francés que reservó una habitación exterior con vistas al mar; tal elección ya apuntaba a una situación económica de cierta holgura. Pero no solo llamaba agradablemente la atención por su discreta elegancia, sino, ante todo, por su extraordinaria belleza, completamente encantadora: en un rostro ovalado como de muchacha, un bigotito rubio y sedoso enmarcaba unos labios cálidos y sensuales; el suave cabello castaño ondulado caía en caracoles sobre la blanca frente; los delicados ojos acariciaban con cada mirada; todo en él era suave, acariciador y amable, pero sin asomo de artificio ni afectación. Si al principio podía recordar a los sonrosados maniquís de cera colocados en poses vanidosas en los escaparates de las grandes tiendas de modas y que, con un bastón tallado en la mano, representan el ideal de la belleza masculina, esa impresión de dandismo desaparecía al observarlo con atención porque, en su caso (¡inusualísimo!), la galanura era innata, parecía emanarle de la piel. Al pasar, saludaba a todo el mundo de un modo a la vez modesto y cordial, y resultaba muy agradable observar cómo su donaire, siempre presto, se revelaba espontáneamente a la menor ocasión: si una dama se dirigía al guardarropa, se apresuraba a recogerle el abrigo, siempre tenía una mirada amistosa o una broma para los niños y se mostraba a la vez sociable y discreto; en suma, parecía una de esas personas afortunadas que, sabiéndose agradables a los demás gracias a un rostro sincero y a un encanto juvenil, son capaces de convertir esa certeza en gallardía. Entre los huéspedes del hotel, en su mayoría personas ancianas y enfermizas, su presencia resultó una bendición; y de manera irresistible se ganó todas las simpatías con sus victoriosos andares juveniles, con ese remolino tan espléndido de ligereza y vivacidad que la gentileza proporciona a algunos individuos. Dos horas después de instalarse, ya jugaba al tenis con las hijas del acaudalado y rollizo fabricante de Lyon: Annette y Blanche, de doce y trece años; y su madre, la elegante, delicada y muy reservada madame Henriette, observaba con una sonrisa la inocente coquetería con que sus hijitas, apenas salidas del cascarón, flirteaban con aquel joven desconocido. Al caer la tarde nos acompañó una hora al ajedrez y entretanto nos contó de manera muy amena unas simpáticas anécdotas; después, mientras el marido de madame Henriette jugaba como siempre al dominó con un colega de negocios, la acompañó un buen rato en su paseo por la terraza; ya tarde lo vi mantener, entre las sombras de la oficina de administración del hotel, una conversación sospechosamente íntima con la secretaria. A la mañana siguiente salió a pescar con mi compañero danés y demostró conocimientos asombrosos; después charló largo y tendido sobre política con el fabricante de Lyon, ocasión en que se reveló como un divertido interlocutor, pues las sonoras carcajadas del orondo caballero acallaban el rumor de las olas. Después de comer (para comprender la situación con exactitud es fundamental que reseñe todas las fases en que dividió su tiempo), se sentó durante una hora a solas con madame Henriette a tomar café en el jardín; jugó de nuevo al tenis con sus hijas y conversó con la pareja alemana en el vestíbulo. A eso de las seis de la tarde, cuando fui a echar una carta, me lo encontré en la estación de tren. Se me acercó con premura y me contó, como si hubiera de disculparse, que lo habían requerido de repente pero que en dos días estaría de vuelta. En efecto, a la hora de la cena no se encontraba en el comedor, pero tan solo faltaba su presencia física; porque en todas las mesas se hablaba de él sin pausa y se alababan sus maneras alegres y agradables.

Por la noche, serían cerca de las once, me encontraba en mi habitación terminando de leer un libro cuando de pronto, por la ventana abierta, oí en el jardín voces y gritos atribulados. Enfrente, en el hotel, se había levantado un notable revuelo. Más preocupado que curioso, recorrí a toda prisa los cincuenta pasos que me separaban de allí y encontré a los huéspedes y a los empleados presos de una agitación frenética. Mientras el marido, con la habitual puntualidad, jugaba al dominó con su colega de Namur, madame Henriette no había regresado de su acostumbrado paseo vespertino por la terraza que daba al mar, lo que hacía presagiar una desgracia. Aquel hombre, de ordinario tan pesado y lento, ahora iba y venía a la playa galopando como un toro, y cuando, con la voz rota de angustia, gritaba «¡Henriette! ¡Henriette!», sus bramidos trasmitían el eco terrible y primario de una bestia gigantesca herida de muerte. Los camareros y los mozos subían y bajaban las escaleras con gran nerviosismo, se despertó a todos los huéspedes y se llamó a la *gendarmerie.* En medio de la escena se movía a trompicones aquel hombre grueso con el chaleco abierto, que, entre sollozos, aullaba en vano un nombre en el silencio de la noche: «¡Henriette! ¡Henriette!». Entretanto, las niñas se habían despertado y, desde la ventana y en camisón, llamaban a su madre. Su padre subió a toda prisa para consolarlas.

Y entonces sucedió algo tan terrible que solo a duras penas puede relatarse, porque la naturaleza, violentamente tensada en los momentos de exceso, dota a la contención humana de una expresión tan trágica que es imposible plasmarla en imágenes o palabras con esa misma fuerza, fulminante como un rayo cuando cae. De repente, aquel hombre pesado y recio bajó haciendo rechinar los escalones, con el rostro demudado y una expresión de cansancio, pero también de furia. Llevaba una carta en la mano.

—¡Haga volver a todo el mundo! —masculló con palabras apenas inteligibles al encargado del personal—. Que vuelva todo el mundo, no es necesario seguir. Mi esposa me ha abandonado.

Había contención en aquel hombre herido de muerte, una contención tensa y sobrehumana que mantenía ante la multitud que lo rodeaba, que lo miraba con curiosidad y que de pronto se apartó de él, dispersándose en individuos asustados, incómodos y avergonzados. Con sus últimas fuerzas pasó a nuestro lado tambaleándose, sin mirar a nadie, y apagó la luz del salón de lectura; después oímos cómo su cuerpo, pesado y voluminoso, se hundía en un sillón, y cómo estallaba en un sollozo violento y animal del que solo es capaz un hombre que no ha llorado jamás. Aquel dolor tan primitivo causó en todos nosotros, incluso en los más insignificantes, una especie de efecto paralizante. Ni un solo camarero, ni uno solo de los huéspedes atraídos por la curiosidad se atrevió a reírse ni, por el contrario, a pronunciar una palabra de conmiseración. En silencio, como abochornados por aquella tremenda explosión de sentimientos, nos retiramos uno tras otro a nuestras habitaciones y aquel pobre hombre apaleado se quedó absolutamente solo en la oscuridad del salón, deshaciéndose en sollozos mientras el edificio se iba apagando poco a poco entre murmullos, susurros y bisbiseos.

Se comprenderá que un acontecimiento tan arrollador, caído ante nuestros ojos como un rayo, resultara muy apropiado para estimular poderosamente a unas personas acostumbradas al aburrimiento y al indolente transcurrir del tiempo. Sin embargo, por más que el desencadenante de la disputa que estalló con tal vehemencia en nuestra mesa y que casi llegó a las manos fuera aquel insólito incidente, en el fondo se trataba de una discusión sobre valores fundamentales, de un choque furibundo entre maneras contrapuestas de entender la vida. Por indiscreción de una criada que había leído la carta (en su rabia impotente, el desdichado marido la había arrugado y arrojado al suelo), trascendió enseguida que la señora Henriette no se había marchado sola, sino en connivencia con el joven francés (por quien las simpatías de casi todo el mundo comenzaron a desvanecerse de inmediato). Podría resultar totalmente comprensible que aquella especie de Madame Bovary sustituyera a su marido rollizo y provinciano por un joven y elegante petimetre. Pero lo que a todos alteraba de semejante modo era el hecho de que ni el fabricante, ni sus hijas, ni la propia señora Henriette hubieran visto jamás a aquel Lovelace;[1] y de que, por lo tanto, aquellas dos horas de paseo vespertino por la terraza y aquella hora de café en el jardín hubieran bastado para decidir a una mujer intachable de treinta y tres años a abandonar de

---

[1]   Referencia a Robert Lovelace, seductor de la novela *Clarissa,* de Samuel Richardson.

súbito a su marido y a sus dos hijas para marcharse a la aventura con un joven dandi por completo desconocido. Mi mesa rechazaba de manera unánime aquella realidad manifiesta, y calificaba lo sucedido de pérfido engaño y de taimada argucia de los amantes: por supuesto que la señora Henriette llevaba mucho tiempo en relaciones secretas con el joven y, ahora, aquel seductor había acudido para ultimar los detalles de la fuga; porque (tal como argumentaban) era de todo punto imposible que una mujer decente se escapara de buenas a primeras con alguien a quien tan solo conocía de unas horas. Mi inesperado desacuerdo provocó que la discusión se generalizara y, sobre todo, que se exacerbara porque los dos matrimonios, el alemán y el italiano, negaron que en la vida real existiera el *coup de foudre,* el flechazo, y con un desprecio rayano en lo ofensivo lo tildaron de majadería y de ramplona fantasía novelesca.

En fin, carece de sentido repetir aquí el tormentoso desarrollo de una pelea entre la sopa y el pudin: solo los verdaderos profesionales de la *table d'hôte* son realmente ocurrentes y los argumentos a los que se recurre durante el ardor de una disputa en la mesa son en su mayoría banales por estar elegidos a toda prisa. También es difícil explicar por qué nuestra discusión adoptó tan deprisa tonos ofensivos; creo que las susceptibilidades comenzaron porque, de manera inconsciente, los dos maridos querían ver a sus esposas eximidas de la posibilidad de caer en semejantes abismos y peligros. Por desgracia, no encontraron mejor forma de hacerlo que afirmar que mi opinión solo podía sostenerla un soltero como yo, que juzgaba la psicología femenina desde la perspectiva de las vulgares conquistas ocasionales. Aquello ya me irritó bastante pero cuando, además, la dama alemana añadió la perlita de que existían por un lado las verdaderas mujeres y por otro «las de naturaleza pelandusca», a cuyo grupo, en su opinión, pertenecía la señora Henriette, la paciencia se me agotó del todo y yo también me puse agresivo. Aquella negación de la realidad evidente de que, en determinados momentos de su vida, una mujer puede verse arrastrada por fuerzas misteriosas más allá de su conocimiento y voluntad, contraataqué, no encerraba otra cosa que el miedo a los propios instintos, a lo demoniaco de nuestra naturaleza; pero, añadí, a algunas personas les gustaba creerse más fuertes, moralmente superiores y más puras que las «fáciles de seducir». A título personal, encontraría más honrado, continué, que una mujer siguiera su instinto con libertad y pasión en lugar de, como suele suceder, engañar a su marido estando entre sus brazos, simplemente cerrando los ojos. Eso fue a grandes rasgos lo que dije, y cuanto más atacaban los otros a la pobre señora Henriette en una discusión que iba subiendo de tono, con más ardor la defendía yo (en realidad, sobrepasando mi propia opinión). Aquel entusiasmo representó todo un ultraje (como se dice en los libros) para las dos parejas, que arremetieron contra mí cual armónico cuarteto, con una solidaridad tan enconada que el viejo danés, que se mantenía como un árbitro en pleno partido de fútbol con su expresión benévola y el cronómetro en la mano, de vez en cuando tenía que golpear la mesa y reprendernos:

—*Gentlemen, please*.

Pero solo surtía efecto durante unos momentos. Por tres veces se había levantado ya uno de los señores, con el rostro encendido, y por tres veces lo había tranquilizado su esforzada esposa... En suma, de haber transcurrido diez minutos más, nuestra discusión habría terminado en trifulca, pero, de manera repentina, Mrs. C., como un bálsamo salutífero, calmó las agitadas aguas.

Mrs. C., la distinguida anciana inglesa de pelo blanco, era de manera tácita la presidenta de honor de nuestra mesa. Sentada muy erguida en su silla, dedicando la misma amabilidad a cada uno y escuchando en silencio con el más agradable interés, ofrecía una imagen que ya de por sí resultaba benéfica: su persona, aristocrática y circunspecta, emanaba una serenidad y una calma maravillosas. Hasta cierto punto mantenía las distancias con todos aunque, con gran tacto, sabía tratar con especial amabilidad a cada persona; casi siempre leía en el jardín, a veces tocaba el piano y muy raramente se la veía en compañía o en animada conversación. Pasaba desapercibida y, sin embargo, ejercía un extraño influjo sobre nosotros. Bastó que interviniera en nuestra discusión para que nos sintiéramos avergonzados por haber alzado demasiado la voz y perdido las formas.

Mrs. C. había aprovechado un silencio incómodo que sobrevino cuando el caballero alemán se levantó bruscamente y fue después reconducido a la mesa. De pronto levantó los ojos claros y grises, me miró indecisa por un instante y retomó el tema tal como ella lo había entendido, con una neutralidad casi objetiva:

—Si he comprendido bien, usted cree que la señora Henriette, que cualquier mujer, puede verse arrastrada a una aventura repentina. Que hay acciones que tan solo una hora antes esa misma mujer habría considerado inconcebibles y de las que no es posible responsabilizarla...

—Lo creo firmemente, señora mía.

—Pero, de ser así, cualquier juicio moral carecería de sentido y toda transgresión de la decencia quedaría justificada. Si usted considera que un *crime passionnel,* como lo llaman los franceses, no es un *crime,* ¿para qué necesitamos una justicia institucional? No hace falta mucha buena voluntad (y usted posee una buena voluntad asombrosa) —añadió con una sonrisita— para hallar una pasión oculta tras cualquier delito y, en consecuencia, para justificarlo mediante esa pasión.

El tono calmado y casi divertido de sus palabras ejerció en mí un efecto tranquilizador extraordinario e, imitando sin darme cuenta su neutralidad, contesté del mismo modo, medio en broma medio en serio:

—Sin duda, la justicia resuelve sobre estas cuestiones con más severidad que yo. Suyo es el deber de proteger sin miramientos las convenciones y la moral general, y es necesario que así sea para juzgar en vez de justificar. Pero no entiendo por qué yo, a nivel individual, he de adoptar el papel de fiscal: prefiero ser abogado defensor. Prefiero comprender a la gente que condenarla.

Mrs. C. me miró un momento con sus ojos claros y grises y se mostró dudosa. Temiendo que no me hubiera comprendido bien, ya me preparaba para repetirlo todo en inglés. Pero entonces, con extraña seriedad, como si se tratara de un examen, formuló varias preguntas seguidas:

—¿De verdad no le parece innoble ni condenable que una mujer abandone a su marido y a sus dos hijas para seguir a un desconocido de quien ignora siquiera si es digno de su amor? ¿Realmente puede usted justificar un comportamiento tan insensato y frívolo por parte de una mujer que ya no es precisamente joven y que, por el bien de sus hijas, tendría que haber preservado su dignidad?

—Repito, estimada señora —insistí—, que me niego a juzgar o condenar este caso. Ante usted puedo reconocer que antes he exagerado un poco: nuestra pobre Henriette no es ninguna heroína, ni siquiera una naturaleza aventurera, ni mucho menos una *grande amoureuse*. Con arreglo a lo poco que la conozco, se me antoja una mujer común y débil; la respeto hasta cierto punto por haberse atrevido a seguir sus deseos, pero me inspira lástima porque mañana será profundamente desgraciada, si no lo es hoy mismo. Quizás haya obrado de manera estúpida y sin duda se ha precipitado, pero de ningún modo ha actuado con bajeza o con maldad. Como he dicho antes, le negaré a cualquiera el derecho a denigrar a esta pobre desdichada.

—¿Y qué me dice de usted mismo? ¿Siente por ella el mismo respeto y la misma consideración que antes? ¿No hace usted distinción entre la mujer decente de anteayer y la que ayer se fugó con un completo desconocido?

—Ninguna. En absoluto. Ni la más mínima.

—*Is that so?* —Sin darse cuenta se había pasado al inglés, como si aquella conversación la preocupara de un modo extraño. Y tras un instante de reflexión me miró, de nuevo interrogante, con sus ojos claros—. Y si mañana se encontrara a madame Henriette paseando del brazo de este joven, pongamos por caso en Niza, ¿la saludaría?

—Por supuesto.

—¿Y hablaría con ella?

—Por supuesto.

—Y... y si usted estuviera casado..., ¿le presentaría una mujer así a su esposa, como si nada hubiera sucedido?

—Por supuesto.

—*Would you really?* —preguntó otra vez en inglés, con incrédulo asombro.

—*Surely I would* —contesté espontáneamente en la misma lengua.

Mrs. C. guardó silencio. Parecía seguir reflexionando con intensidad y de pronto dijo, mientras me miraba como sorprendida por su propio valor:

—*I don't know if I would. Perhaps I might do it also.*

Y con ese aplomo indescriptible con que solo los británicos saben acabar una conversación sin resultar bruscos, se levantó y me ofreció amablemente la mano. La calma había regresado gracias a su intervención. En nuestro fuero interno todos le agradecimos que, aunque todavía enfrentados, al menos pudiéramos despedirnos con una cortesía aceptable y que la atmósfera peligrosamente tensa se relajara gracias a algunas bromas ligeras.

Si bien nuestra discusión pareció librarse en términos caballerosos, aquel irritado enconamiento marcó cierta distancia entre mis oponentes y yo. El matrimonio alemán se mostraba reservado mientras, durante los días siguientes, la pareja italiana no se cansaba de preguntarme con sorna si tenía noticia de la *cara signora Henrietta*. Por corteses que se mantuvieran nuestras formas, algo del leal y discreto compañerismo de nuestra mesa se había perdido sin remedio.

Lo que hacía aún más llamativa la irónica frialdad de mis antagonistas era la singular amabilidad que Mrs. C. me brindaba desde la discusión. Caracterizada por una gran circunspección y apenas inclinada a conversar con nadie fuera de la mesa, de pronto encontró varias veces la ocasión de abordarme en el jardín; casi debería decir «de distinguirme», porque su carácter reservado y aristocrático convertía cualquier conversación privada en un favor especial. He de confesar con toda sinceridad que me buscaba sin disimulo y aprovechaba cualquier oportunidad para entablar conversación, y ello de un modo tan expreso que me habría suscitado pensamientos vanidosos y chocantes de no ser ella una anciana señora de pelo blanco. Cuando charlábamos, nuestras palabras retornaban, de modo irremediable y sin desviación posible, a aquel punto de partida, a madame Henriette: se diría que Mrs. C. hallaba una misteriosa satisfacción en acusar a la prófuga de veleidad de espíritu y de inconstancia. Pero al mismo tiempo parecía alegrarse de que mis simpatías se mantuvieran inquebrantables del lado de aquella señora delicada y elegante, y de que bajo ninguna circunstancia le negara tal simpatía. Puesto que siempre encauzaba la charla hacia ese tema, al final yo no sabía qué pensar de una insistencia tan extraña, rayana en lo obsesivo.

Esta situación se prolongó varios días, cinco o seis, sin que ella mencionara por qué consideraba tan relevantes aquellas conversaciones. Que esto era así me resultó indudable cuando, durante un paseo, mencioné de pasada que mi estancia tocaba a su fin y planeaba partir al cabo de dos días. Entonces se dibujó en su rostro, siempre sereno, una extraña expresión de tensión y un nubarrón ensombreció sus ojos grises como el mar:

—¡Qué lástima! ¡Todavía quería hablarle de tantas cosas…!

A partir de entonces su inquietud y agitación me revelaron que mientras hablaba en realidad pensaba en otra cosa, en algo que la preocupaba y la abstraía. Al final, pareció cansarse de aquel desasosiego y, rompiendo un silencio que se había instaurado de pronto, me tendió inesperadamente la mano.

—Veo que soy incapaz de expresar con claridad cuanto deseo contarle. Le escribiré. —Y se retiró del jardín a un paso más rápido del habitual.

En efecto, al final de la tarde, antes de la cena, encontré en mi habitación una carta redactada con su letra clara y enérgica. Por desgracia he sido bastante descuidado con los documentos de mi juventud y por ello me es imposible repetir las palabras exactas; tan solo puedo reproducir el contenido de manera aproximada: me pedía permiso para relatarme un episodio de su vida. El suceso se había producido hacía tanto tiempo, escribía, que apenas formaba parte de su existencia actual. Al saber que me marchaba en dos días le resultaba más fácil hablar de un asunto que la preocupaba y mortificaba desde hacía más de veinte años. En caso de que yo no considerase una impertinencia tal entrevista, solicitaba una hora de mi tiempo.

Aquella carta, de la que solo reseño el contenido, me fascinó sobremanera: la lengua inglesa le otorgaba un alto grado de claridad y concisión. No obstante, redactar la respuesta no me resultó sencillo y rasgué tres borradores antes de componer la siguiente contestación:

> Es un honor que deposite en mí tanta confianza y le prometo mostrarme franco en caso de que así me lo pida. Por supuesto, no puedo exigirle que me refiera más de lo que desee; pero lo que cuente, cuéntelo con total sinceridad, ante mí y ante usted misma. Por favor, créame cuando le digo que considero su confianza como un honor especial.

La nota se despachó esa misma noche a su habitación y a la mañana siguiente encontré la respuesta:

> Tiene usted toda la razón: las medias verdades no sirven de nada, tan solo importa la verdad completa. Reuniré todas mis fuerzas para no ocultarme nada a mí misma ni ocultarle

nada a usted. Venga a mi habitación después de la cena; a mis sesenta y siete años ya no he de temer ningún malentendido. No puedo hablar en el jardín ni cerca de otras personas. Debe creerme, no me ha sido fácil tomar esta decisión.

Ese día nos vimos en la mesa y charlamos educadamente de temas superficiales. Pero en el jardín, al encontrarse conmigo, me esquivó con visible azoramiento y sentí una mezcla de lástima y compasión al contemplar a aquella dama de cabello blanco salir huyendo como una muchacha avergonzada por el camino flanqueado de pinos.

Por la noche, a la hora convenida, llamé a la puerta y se abrió al momento; la habitación se encontraba en una débil penumbra, tan solo la lamparita de lectura de la mesa proyectaba un cono de luz en una estancia de ambiente crepuscular. Mrs. C. me recibió sin la menor timidez, me ofreció un sillón y se acomodó frente a mí; noté que había planeado todos aquellos detalles, aun así, se produjo un silencio claramente indeseado, un silencio indicativo de lo difícil que le resultaba aquella decisión y que se alargaba sin que me atreviera a pronunciar una palabra porque sentía que en aquel preciso momento una poderosa voluntad luchaba a brazo partido contra una poderosa resistencia. Desde el salón ascendían de vez en cuando los compases apagados de un vals; los escuché con gesto atento, con intención de restar algo de opresión a aquel mutismo. Era evidente que ella también se encontraba incómoda en el tenso silencio, pues de pronto tomó impulso y comenzó:

—Tan solo la primera palabra es difícil. Llevo dos días preparándome para ser muy clara y franca, espero conseguirlo. Quizá le resulte sorprendente que desee contarle lo sucedido a un extraño como usted, pero no transcurre un día, a veces ni siquiera una hora, sin que piense en aquel acontecimiento concreto; y créame cuando le digo, como anciana que soy, que resulta insoportable pasar toda la vida con la mirada fija en un único punto, en un único día de la existencia. Porque todo cuanto deseo relatarle se circunscribe a tan solo veinticuatro horas de mis sesenta y siete años de vida, y por eso me he preguntado hasta enloquecer qué importancia tiene que, por una vez, por un instante, actuemos de manera insensata. Sin embargo, no podemos librarnos de lo que, con una palabra de lo más imprecisa, denominamos conciencia; cuando lo oí pronunciarse con tanto aplomo sobre el caso Henriette, pensé que quizá hablar con otra persona de ese único día de mi existencia podría poner fin al sinsentido de pensar obsesivamente en el pasado y de culpabilizarme sin descanso. Si no profesara la fe anglicana, sino la católica, hace tiempo que el sacramento de la confesión me habría permitido redimirme por medio de la palabra... Pero nosotros no contamos con ese consuelo y, por eso, hoy llevo a cabo el extraño

intento de absolverme a mí misma hablando con usted. Sé que todo esto resulta muy peculiar, pero usted aceptó mi petición sin dudarlo y le estoy muy agradecida por ello.

»En fin, ya he dicho que deseaba relatarle un único día de mi vida: todo lo demás me parece irrelevante y aburrido para cualquier persona. Cuanto sucedió hasta que cumplí cuarenta y dos años no se desvía un ápice del camino establecido. Mis padres eran unos ricos *landlords* de Escocia, poseíamos grandes fábricas y arrendamientos y vivíamos, a la manera de la aristocracia, la mayor parte del año en nuestras tierras y durante la *season,* en Londres. A los dieciocho años conocí a mi marido en una reunión social. Era el segundo hijo de la afamada familia R. y había servido diez años en el ejército, en la India. Nos casamos enseguida y llevábamos la vida despreocupada propia de nuestro círculo: tres meses en Londres, tres meses en nuestras tierras y el resto del tiempo, de hotel en hotel por Italia, España y Francia. Ni la más ligera sombra oscureció jamás nuestro matrimonio; los dos hijos que tuvimos son ya adultos. A mis cuarenta años, mi marido falleció de repente. Durante su época en el trópico contrajo una afección del hígado y lo perdí en el transcurso de dos semanas dramáticas. Mi hijo mayor estaba ya en el ejército y el pequeño, en el *college,* de modo que de la noche a la mañana me encontré sumida en el vacío más absoluto y, puesto que estaba acostumbrada a una afectuosa compañía, aquella soledad se me antojaba una tortura terrible. Me pareció imposible permanecer aunque fuera un día más en aquella casa desierta, donde cada objeto me recordaba la trágica pérdida de mi marido. Así pues, decidí dedicarme a viajar en los años siguientes, hasta que mis hijos contrajeran matrimonio.

»Lo cierto es que a partir de ese momento consideré mi vida totalmente inútil y carente de todo sentido. El hombre con el que había compartido cada minuto y cada pensamiento durante veintitrés años estaba muerto, mis hijos no me necesitaban y temía empañarles la juventud con mi pesadumbre y mi melancolía. En cuanto a mí misma, ya no quería ni deseaba nada. Me trasladé primero a París, donde, por aburrimiento, visité los comercios y los museos; pero la ciudad y sus atractivos me resultaban ajenos y evitaba a todo el mundo porque no soportaba las miradas de cortés compasión que despertaban mis ropas de luto. No podría explicar cómo transcurrieron aquellos meses de ciego vagabundeo; solo sé que deseaba morir a todas horas, pero carecía de las fuerzas necesarias para acelerar aquel doloroso anhelo.

»En el segundo año del luto, que era el número cuarenta y dos de mi vida, concretamente a finales de marzo, aquella huida inconfesada con la que pretendía zafarme de un tiempo carente de valor e imposible de matar me llevó hasta Montecarlo. Para ser sincera, en realidad me condujeron allí el aburrimiento y un lacerante vacío que se abría en mi interior como una náusea y que, al menos, se dejaba colmar con pequeñas emociones externas. Cuanto más paralizados estaban mis sentimientos, más atraída me sentía por lugares donde el carrusel de la vida gira vertiginosamente: para quien no es capaz de experimentar nada, contemplar la apasionada agitación de los demás supone un estímulo similar al teatro o a la música.

»Por ello frecuentaba el casino. Me levantaba el ánimo ver cómo la alegría y la consternación se dibujaban y borraban de los rostros de la gente mientras en mi interior reinaba aquel vacío desolador. Además, mi marido, aunque sin imprudencias y muy de vez en cuando, gustaba de visitar las salas de juego y yo continuaba fiel a todas sus viejas costumbres con una especie de devoción. Pues bien, fue allí donde comenzaron aquellas veinticuatro horas que resultaron más emocionantes que cualquier apuesta y que perturbaron mi existencia durante años.

»Había almorzado a mediodía con la duquesa de M., emparentada con mi familia, y tras la cena no me sentía lo bastante cansada para acostarme. De modo que acudí al casino y me dediqué a pasear entre las mesas, sin apostar yo misma, mientras observaba de manera especial a la concurrencia allí reunida. Y digo «de manera especial» porque es un modo de observar que me enseñó mi difunto marido un día en que, cansada de estar plantada mirando, le manifesté mi aburrimiento por contemplar siempre a la misma gente: a las damas viejas y ajadas que pasan horas inmóviles antes de arriesgar una ficha, a los astutos profesionales y cortesanas de las cartas... en fin, a todo ese dudoso ambiente que, como usted bien sabe, es bastante menos pintoresco y romántico de como aparece en las novelas baratas, donde lo pintan como la *fleur d'élégance* y el epicentro de la aristocracia de Europa. Debo reconocer que hace veinte años el casino resultaba infinitamente más atractivo, cuando el dinero en efectivo corría de manera visible, cuando los crujientes billetes se entremezclaban en un remolino con los napoleones de oro y las descaradas monedas de cinco francos. Era mucho más atractivo que ahora, cuando en los nuevos y pomposos palacios del juego una masa de turistas pastoreada por la agencia Cook gasta de manera tediosa unas fichas totalmente insulsas. Pero incluso en aquel entonces encontraba yo poca gracia en la monotonía de unas caras que me resultaban indiferentes; hasta el día en que mi marido, cuya pasión secreta era la quiromancia, el arte de leer las manos, me enseñó una forma especial de observar, sin duda mucho más interesante, emocionante y fascinante que limitarse a mirar. Y es la siguiente: jamás levantar la vista hasta el rostro, sino dirigirla a la mesa y centrarla únicamente en las manos, en su forma particular de comportarse. No sé si usted, por casualidad, habrá observado tan solo las mesas, tan solo el tapete verde en cuyo centro gira la bolita saltando como borracha de un número a otro mientras en los distintos recuadros caen, como una simiente, los billetes revoloteantes y las monedas de oro y plata que después el crupier recoge de la mesa con su rastrillo, o bien ofrece al ganador como una cosecha. Desde tal perspectiva lo único que se mueve son las manos, las múltiples manos pálidas, agitadas y expectantes que rodean el tapete asomando de distintas mangas, todas convertidas en depredadoras prestas para el ataque, cada una de una forma y un color diferente, algunas desnudas, otras enjaezadas con anillos y cadenitas tintineantes, algunas peludas como animales salvajes, otras húmedas y retorcidas como anguilas, pero todas tensas y electrizadas por una enorme impaciencia. Siempre me recordaban al hipódromo, cuando en la línea de salida resulta difícil refrenar a los nerviosos caballos para que no se lancen al galope antes de tiempo: las manos se estremecen, sacuden y encabritan de igual manera. Gracias a ellas es posible discernirlo todo, gracias al modo en que esperan, agarran o se inmovilizan: al avaro lo delata la mano rígida y al despilfarrador, la suelta; el calculador se revela en la muñeca firme y el desesperado, en la temblorosa; el gesto de tocar el dinero desvela con vertiginosa rapidez cientos de caracteres, ya sea arrugándolo y manoseándolo o bien, con gesto de agotamiento y los puños cerrados, sin tocarlo en absoluto durante el transcurso de la apuesta. Que el hombre se delata cuando juega es un lugar común, sin duda, pero yo añadiría: aún más lo delatan sus propias manos. Todos o casi todos los apostadores aprenden pronto a controlar el rostro; arriba, sobre el cuello de la camisa, se ponen la máscara de la *impassibilité:* obligan a la boca a mantenerse recta y retienen la emoción entre los apretados dientes, niegan a sus propios ojos cualquier nerviosismo visible y reprimen los crispados músculos de la cara para mostrar una indiferencia artificial, previamente construida. Pero precisamente porque toda su atención se concentra en domeñar la cara por ser el elemento más visible de su cuerpo, se olvidan de las manos y olvidan también que hay personas que las observan en exclusiva y que adivinan cuanto la forzada sonrisa y la mirada de estudiada indiferencia pretenden ocultar. Las manos revelan todos sus secretos sin empacho alguno. Porque, de manera irremediable, siempre acaba presentándose un instante que saca de su fingido desinterés a los dedos, dominados con tanto esfuerzo y aparentemente dormidos: en el explosivo segundo en que la bolita cae en la casilla y se canta el número ganador, entonces, en ese instante, cada una de esas cien o quinientas manos hace un instintivo movimiento involuntario, completamente único y totalmente personal. Y cuando se está acostumbrado, como yo gracias a la afición de mi esposo, a observar ese coliseo de manos, la revelación siempre distinta, siempre inesperada de los temperamentos más diversos resulta más estimulante que el teatro o que la música: no puedo describirle los miles de variedades de manos que existen, bestias salvajes de dedos peludos y retorcidos que atrapan el dinero como arañas, y otras nerviosas, temblorosas y de uñas pálidas que apenas se atreven a tocarlo; nobles y miserables, brutales y tímidas, astutas y vacilantes... y todas son distintas, porque cada par de manos es reflejo de una vida, a excepción de los cuatro o cinco que corresponden a los crupieres. Esos pares son verdaderas máquinas: trabajan ante los demás pares sobreexcitados con experta precisión comercial y total desapasionamiento, como las tintineantes contadoras automáticas de monedas. Incluso esas manos tan sobrias resultan sorprendentemente interesantes en contraste con sus hermanas, ávidas e impetuosas; podría decirse que, aunque con distinto uniforme, ejercen de policías en medio de una exaltada revuelta popular. A ello se suma el aliciente personal de irse familiarizando con las costumbres y pasiones de las distintas manos; transcurridos unos días ya tenía mis conocidas y las clasificaba, igual que a las personas, en simpáticas y antipáticas; la grosería y la codicia de algunas me resultaban tan repugnantes que me obligaban a apartar la vista como ante una obscenidad. Cada nuevo par que se sumaba a la mesa representaba una experiencia más y despertaba mi curiosidad; a menudo se me olvidaba mirar la cara, que se mantenía impasible como una fría máscara social surgida del cuello de un *smoking* o de un escote resplandeciente.

»Pues bien, cuando aquella noche entré en la sala de juego y pasaba junto a dos mesas muy concurridas en dirección a una tercera, con algunas monedas de oro ya preparadas, me sorprendió un sonido que restalló en medio de la pausa sin palabras, tensa y acompañada de un silencio atronador que siempre se produce cuando la bolita, agotada hasta la extenuación, se tambalea entre dos números; como decía, justo entonces oí un sonido muy extraño que provenía de enfrente, un chasquido y un crujido como de huesos que se rompen. De manera instintiva miré en esa dirección. Y entonces vi (¡le aseguro que me asusté!) dos manos como nunca las había visto, la derecha y la izquierda, enzarzadas como animales furiosos, que se estrujaban y tironeaban de tal manera que las articulaciones crujían con el chasquido seco de una nuez al partirse. Eran manos de una belleza poco habitual, inusualmente largas y delgadas, pero a la vez recorridas por tensos músculos. Eran muy blancas, con uñas pálidas y nacaradas, de forma suavemente redondeada. Las miré durante toda la velada (mejor dicho, admiré aquellas manos extraordinarias y sin duda únicas), pero lo que me había sobresaltado de tal manera en el primer instante era su arrebatamiento, su furor loco, aquella lucha en la que se atacaban y se sometían la una a la otra. Enseguida comprendí que se trataba de un hombre al límite, que canalizaba su ardor hacia los dedos para no estallar. Y entonces... en el momento en que la bolita cayó en la casilla con un golpe seco y el crupier cantó el número... en ese instante las manos se separaron como dos animales abatidos por una sola bala. Allí cayeron las dos, muertas de verdad y no solo exhaustas; cayeron con un gesto tan plástico de desmayo, de decepción, de fulminación, de acabamiento que me es imposible describirlo con palabras. Porque nunca había visto, y nunca he vuelto a ver, unas manos tan expresivas, en las que cada músculo hablaba como una boca y casi se palpaba la pasión que emanaba de cada poro. Durante un momento yacieron sobre el tapete como medusas varadas en la arena, aplastadas e inertes. Después una, la derecha, comenzó a moverse desde las puntas de los dedos, tembló, retrocedió, rotó sobre sí misma, vaciló, trazó un círculo y de pronto agarró con nerviosismo una ficha, que hizo girar como una ruedecita entre el pulgar y el corazón. Y entonces se enarcó como el lomo de una pantera y lanzó, casi arrojó, aquella ficha de cien francos en el recuadro negro. Al momento la emoción se apoderó de la mano izquierda, hasta entonces inmóvil y dormida; se enderezó y avanzó, más bien reptó, hasta su hermana, que temblaba como agotada por el lanzamiento. Y ambas permanecieron juntas, estremecidas, golpeando quedamente la mesa del mismo modo que los dientes castañetean en el escalofrío de la fiebre... No, nunca, jamás había visto unas manos de una expresividad tan elocuente, una forma tan espasmódica de revelar emoción y tensión. Todo lo demás en aquel espacio abovedado, el rumor de las otras salas, los anuncios de los crupieres que me recordaban el griterío del mercado, el ir y venir de la gente y el de la propia bolita que, en aquel momento, lanzada desde lo alto, saltaba como loca en su redonda jaula de madera pulida... Toda aquella estridente y vertiginosa variedad de impresiones centelleantes y ruidosas se me antojó de pronto muerta y rígida en comparación con aquellas manos vivas, temblorosas, jadeantes, expectantes, escalofriadas y estremecidas; en comparación con aquellas manos insólitas que contemplaba como en un hechizo.

»Pronto no aguanté más, necesitaba ver a la persona, debía ver la cara a la que pertenecían esas manos mágicas y, temerosa (¡sí, de verdad temerosa porque me aterraban aquellas manos!), mi mirada ascendió lentamente por las mangas y los estrechos hombros. Y de nuevo me sobresalté, pues aquel rostro hablaba el mismo idioma desbocado y exaltado que las manos, compartía la misma terrible obstinación y la misma belleza delicada y casi femenina. Nunca había visto una cara semejante, un rostro hasta tal punto desencajado y fuera de sí; y tuve sobrada ocasión de contemplarlo a mi gusto, como una máscara, como una estatua sin ojos; ni a derecha ni a izquierda se desvió siquiera por un segundo aquella mirada obsesiva: las pupilas se mantenían fijas, negras, como inertes esferas de cristal entre los párpados muy abiertos, un reflejo de la bolita color caoba que rodaba y saltaba en la ruleta con locura y alborozo. Jamás, necesito repetirlo, había visto una cara tan tensa y hasta tal punto fascinante. Pertenecía a un joven de unos veinticuatro años, era delgada, delicada, un poco alargada y, por ello, muy expresiva. Como las manos, no resultaba del todo masculina, sino más bien propia de un chiquillo en mitad de un juego apasionado... Pero todo eso lo pensé después, porque en aquel momento ese gesto desapareció tras una expresión de furia y avaricia. La fina boca, abierta con ansia, dejaba entrever los dientes: a una distancia de unos diez pies se apreciaba su castañeteo febril, mientras los labios permanecían rígidamente abiertos. Un mechón de cabello rubio se le pegaba a la frente, inclinada como si la cabeza se estuviera cayendo, y un espasmo le contraía de continuo las mejillas, como si pequeñas olas invisibles le recorrieran la piel. Sin darse cuenta, aquella cabeza inclinada se vencía cada vez más hacia delante, como arrastrada por el torbellino que generaba la bolita. Y entonces comprendí la espasmódica posición de las manos: solo gracias a esa presión, solo gracias a esa fuerza, se mantenía en equilibrio aquel cuerpo que había perdido su centro de gravedad. Nunca (tengo que decirlo una y otra vez) había visto un rostro en el que las pasiones se mostraran de modo tan abierto, tan animal, tan descarnadamente desnudas, y lo contemplé sin cesar... tan fascinada, tan hechizada por su obsesión como su propia mirada lo estaba por los saltos y rebrincos de la bolita. Desde aquel instante no percibí nada más en la sala, todo se me antojaba apagado, impreciso y borroso, oscuro en comparación con el fuego que iluminaba aquel rostro; y sin prestar atención a las demás personas observé, quizá durante una hora, únicamente a aquel joven y cada uno de sus gestos: cómo una luz fulgurante le iluminó los ojos y cómo las manos fuertemente entrelazadas se abrieron en una explosión cuando el crupier puso a su alcance veinte monedas de oro. En ese momento su rostro se iluminó y rejuveneció, las arrugas desaparecieron, los ojos comenzaron a brillar, el cuerpo rígidamente encorvado se enderezó con ligereza... De pronto adoptó la postura de un relajado jinete transportado por el triunfo y sus dedos jugaban vanidosos y encandilados con las monedas, las hacían entrechocar y danzar con un alegre tintineo. Pero entonces hizo un gesto de nerviosismo con la cabeza, revisó el tapete como un joven sabueso que ventea buscando el rastro adecuado y, con un movimiento súbito, colocó todo el montón de monedas en una casilla. Al momento comenzaron de nuevo el acecho y la ansiedad. Se reactivaron los espasmos eléctricos que surgían de los labios, de nuevo se entrelazaron las manos, su semblante de chiquillo se borró tras una expectación casi lasciva, hasta que toda la tensión desembocó en decepción: aquel rostro, hacía tan poco encendido como el de un muchacho, se marchitó, se volvió macilento y avejentado, mientras los ojos se enturbiaron y apagaron; y todo sucedió en el transcurso de un solo segundo, lo que tardó la bolita en caer en el número incorrecto. Había perdido. Durante unos instantes se quedó con la mirada fija y expresión de estupor, como si no entendiera lo sucedido; pero enseguida, a la primera exhortación del crupier, los dedos tomaron algunas monedas de oro. Sin embargo, había perdido la seguridad en sí mismo: primero las apostó a un número; luego, pensándolo mejor, las cambió a otro y, cuando la bolita ya estaba girando, con mano temblorosa y siguiendo un impulso repentino, todavía lanzó apresuradamente a la mesa dos billetes arrugados.

»Los emocionantes altibajos de pérdidas y ganancias se sucedieron sin pausa durante más o menos una hora, y en esa hora no separé mi mirada fascinada ni por un segundo de aquel rostro que cambiaba sin parar y que reflejaba todas las pasiones; tampoco perdí de vista las manos mágicas que, con el movimiento de cada músculo, ascendían y descendían plásticamente por la escala de todas las emociones. En el teatro, jamás he contemplado con tal expectación la cara de los actores como entonces miraba aquel semblante, surcado por un continuo cambio de colores y sensaciones del mismo modo que la luz y la sombra atraviesan un paisaje. Jamás me había cautivado tanto una representación escénica, captando todo mi interés, como ahora aquella exaltación ajena. Alguien que me observara en ese momento habría atribuido mi mirada fija a la hipnosis y, en efecto, algo similar era ese estado del más absoluto aturdimiento: no podía apartar la vista de las cambiantes expresiones del joven mientras el alboroto de luces, risas, personas y miradas que llenaba la sala me rodeaba de manera informe, como un humo amarillento en el que aquel rostro destacaba como una llama entre las llamas. No oía nada, no sentía nada, no advertía a quienes pasaban junto a mí ni los brazos que, estirándose de pronto como antenas, depositaban o recogían el dinero; no percibía la ruleta ni la voz del crupier y, sin embargo, veía cuanto sucedía como en un sueño, reflejado en el espejo deformante que constituían esas manos, todo exagerado por la emoción y el exceso. Porque para saber si la bolita caía en el rojo o en el negro, si rodaba o se paraba, no necesitaba mirar la ruleta: cada una de las fases de pérdida y ganancia, de expectación y decepción, recorría como un centelleante relámpago los nervios y los gestos de ese rostro dominado por las pasiones.

»Entonces sobrevino un instante terrible, un instante que, de manera vaga, llevaba temiendo desde el principio, que se cernía sobre mis nervios como una tormenta y que estalló de repente. De nuevo la bolita giraba en el carrusel emitiendo su repiqueteo, de nuevo vibró aquel segundo electrizado en el que doscientas bocas contuvieron la respiración hasta que resonó la voz del crupier, que en esa ocasión cantó *«Zéro»* mientras con su presto rastrillo barría del tapete las tintineantes monedas y los crujientes billetes. Pues bien, en ese momento las manos crispadas hicieron un gesto de especial sobresalto, se alzaron como para atrapar en el aire algo inexistente y después cayeron heridas de muerte sobre la mesa, sin otro botín que la gravedad. Pero al punto recobraron la vida, febrilmente saltaron de la mesa al cuerpo y treparon por el tronco como gatos salvajes; arriba y abajo, a derecha e izquierda, palparon todos los bolsillos por si en ellos se escondiera alguna moneda olvidada. Siempre regresaban vacías y siempre se repetía, con creciente nerviosismo, aquella búsqueda absurda e inútil; y mientras tanto, el disco giraba de nuevo, los presentes continuaban jugando, las monedas tintineaban, los asientos rechinaban y cientos de sonidos conformaban el murmullo de la sala. Me eché a temblar, sacudida por el espanto: lo experimentaba todo con tal intensidad como si fueran mis propios dedos los que trataban de encontrar monedas rebuscando en los bolsillos y pliegues de la arrugada ropa. Repentinamente, de un solo movimiento, el joven se puso en pie como quien, sintiéndose súbitamente indispuesto, se levanta y se endereza para no asfixiarse; su asiento cayó al suelo con estrépito. Sin tan siquiera fijarse, sin prestar atención a las personas que le abrían paso asustadas y sorprendidas, se alejó de la mesa tambaleándose y aferrándose a los muebles.

»Me quedé helada ante aquella escena. Porque supe al momento hacia dónde se dirigía aquel joven: hacia la muerte. Alguien que se marcha de tal manera no regresa a una pensión, a una taberna, con una mujer, a un compartimento de tren ni a ninguna otra circunstancia de la vida, sino que se precipita directamente al vacío. Hasta el más insensible de los presentes en esa sala infernal podía comprender que el muchacho carecía de cualquier respaldo económico, ya fuera de sus padres, del banco o de parientes, y que se había jugado su último dinero y apostado su propia existencia; y que en ese momento se precipitaba sin saber adónde, con el único deseo de abandonar esta vida. Me lo había temido desde el principio, desde el primer instante sentí de un modo mágico que había en juego mucho más que pérdidas y ganancias; pero solo cobré plena conciencia, como alcanzada por un relámpago oscuro, cuando vi que en los ojos se le apagaba la vida y que la muerte le pintaba de blanco el rostro. Necesité apoyarme (hasta tal punto me afectaba su situación) mientras él abandonaba su sitio trastabillando, porque aquel tambaleo se transmitía de sus ademanes a mi cuerpo al igual que antes su tensión se había traspasado a mis venas y a mis nervios. Entonces me sentí como arrastrada y tuve que salir tras él: sin yo quererlo, mis pies se pusieron en marcha. Sucedió de modo automático. No hice nada, pero me encontré avanzando por el corredor hacia la salida, sin prestar atención a nadie y sin saber lo que hacía.

»Lo encontré en el guardarropa, el mozo le había entregado el abrigo. Puesto que los brazos no le respondían, este, muy solícito, lo ayudó a pasarse las mangas como a un impedido. Me fijé en que se palpaba mecánicamente el chaleco con el fin de entregar una propina, pero de nuevo los dedos encontraron el vacío. Entonces pareció recordarlo todo, balbuceó avergonzado unas palabras y, como antes, se puso en marcha con un movimiento repentino y llegó hasta las escaleras, que bajó a trompicones como un borracho. Desde lo alto, el mozo lo siguió con la mirada, con una sonrisa despectiva al principio y, después, compasiva.

»Aquella escena me resultó tan conmovedora que me avergoncé de estar observando. Me aparté sin pensarlo, arrepentida de haber asistido a la desesperación ajena como si estuviera en el teatro... Pero entonces aquel miedo incomprensible me arrastró de nuevo. Recogí el abrigo a toda prisa y, sin pensar en nada concreto, de manera automática, por puro impulso, seguí a aquel desconocido hacia la oscuridad.

*

Mrs. C. interrumpió su relato por un momento. Había permanecido sentada inmóvil ante mí, hablando sin apenas hacer pausas, con calma y objetividad, como solo puede hacerlo quien se ha preparado bien y ha ordenado cuidadosamente su discurso. Pero entonces se detuvo por primera vez, dudó un instante y, apartándose de la narración, me interpeló directamente:

—Le he prometido a usted, y me he prometido a mí misma —comenzó, algo inquieta—, que le contaría todo lo sucedido con absoluta sinceridad. Debo pedirle que confíe totalmente en mi franqueza y que no atribuya a mis actos motivaciones ocultas de las que tal vez hoy en día no me avergonzaría, pero que serían erróneas de todo punto. Deseo dejar claro que cuando seguí a la calle a aquel joven derrotado no estaba en absoluto enamorada... Ni siquiera lo veía como un hombre y, además, tras la muerte de mi marido y siendo yo una mujer de más de cuarenta años, jamás había vuelto a fijarme en ningún hombre. Eso se había acabado para siempre. Se lo digo de manera expresa, y debo decírselo así porque, de lo contrario, no podrá comprender en toda su magnitud hasta qué punto fue terrible cuanto sucedió después. Reconozco, es cierto, que me resulta difícil ponerle nombre al sentimiento que me arrastraba con tanta fuerza hacia aquel desdichado: había un componente de curiosidad, pero, sobre todo, un temor espantoso o, mejor dicho, un temor ante algo espantoso que desde el primer instante había visto cernirse sobre el joven como una nube invisible. Tales sentimientos no se pueden diseccionar y analizar, dado que son demasiado impulsivos, rápidos y espontáneos... Seguramente no hice otra cosa que seguir el mismo instinto de socorro que nos lleva a agarrar a un niño que corre hacia la calzada cuando pasa un automóvil. ¿O puede explicarse de otro modo que personas que no saben nadar se arrojen desde un puente para salvar a alguien que se está ahogando? Lo que ocurre es que se ven arrastradas, una voluntad superior las empuja antes de que puedan darse cuenta de la temeridad y la sinrazón de su acto; pues bien, de esa misma manera, sin pensarlo, sin una reflexión consciente, seguí a aquel desdichado del salón de juego a la salida y de la salida a la terraza.

Y estoy segura de que ni usted ni ninguna persona con ojos en la cara podría sustraerse a aquella curiosidad llena de temor, porque no cabe imaginar una visión más turbadora que la de ese joven que no llegaría a los veinticuatro años y que, torpe como un anciano y tambaleante como un borracho, con las articulaciones flojas y desencajadas, descendía las escaleras hasta la terraza a pie de calle. Una vez allí, se dejó caer como un saco en un banco. Sentí de nuevo un escalofrío: aquel hombre estaba acabado. Solo se desploma así un muerto, o alguien a quien los músculos ya no pueden mantener con vida. Tenía la cabeza volcada hacia atrás por encima del respaldo y los brazos le colgaban desmadejados y flácidos; en la penumbra mortecina de las titilantes farolas cualquiera pensaría que le habían dado un tiro. Fue así (no puedo explicar por qué surgió en mí tal visión, pero de pronto ahí estaba, palpable y espantosamente cierta), así, como muerto de un disparo, como lo vi en aquel instante, y de pronto me asaltó la certeza de que llevaba un revólver en el bolsillo y de que al día siguiente lo encontrarían tendido, en ese banco o en cualquier otro, inerte y cubierto de sangre. Porque su caída era la de una piedra que se despeña por un barranco y no se detiene hasta alcanzar el fondo: jamás he visto un cuerpo expresar agotamiento y desesperación de modo semejante.

Y ahora imagínese mi situación: me hallaba veinte o treinta pasos detrás del banco donde se encontraba aquel joven inmóvil y acabado, sin saber qué hacer; por un lado, impulsada por el deseo de socorrerlo y, por otro, retenida por el reparo, aprendido y heredado, de abordar a un desconocido en plena calle. Las farolas de gas parpadeaban mortecinas en la bóveda del cielo, solo muy de vez en cuando pasaba una sombra apresurada porque era cerca de la media noche, y yo me veía sola en aquel jardín con un joven suicida. Cinco o diez veces reuní el valor para acercarme, pero en cada ocasión me detuvo la vergüenza, o quizá fuera el certero instinto de saber que quienes se hunden tienden a arrastrar consigo a quienes pretenden ayudarlos... Y en medio de aquel tira y afloja cobré conciencia súbita del absurdo, del ridículo de mi situación. Aun así, fui incapaz tanto de hablar como de marcharme, tanto de hacer algo por él como de abandonarlo. Y espero que usted me crea cuando le digo que quizá me pasé una hora dando vueltas por aquella terraza, una hora eterna en la que los miles de olas de un mar invisible erosionaban el tiempo; de tal modo me inquietaba y me retenía la imagen de absoluta aniquilación de aquel hombre.

Sin embargo, no encontraba el valor para decir una palabra, para aventurar un gesto, y me habría pasado la mitad de la noche allí de pie... O acaso al final un saludable egoísmo me habría mandado a casa... Sí; de hecho, creo que estaba ya decidida a abandonar a aquel desgraciado en su desmayo... cuando una fuerza superior se impuso a mi indecisión. Empezó a llover. Durante toda la tarde, el viento había acumulado sobre el mar pesadas nubes primaverales y la opresión del cielo se sentía en los pulmones y en el corazón. De pronto cayeron unos goterones y al momento se desató una densa lluvia que el viento levantaba con sus rachas. Me refugié en el saledizo de un quiosco y, aunque abrí el paraguas, las ráfagas me mojaban el vestido. Hasta en las manos y en la cara sentía las frías partículas de las gotas que chocaban contra el suelo.

Pero (y esta era una imagen tan espeluznante que aún hoy, dos décadas después, se me hace un nudo en la garganta al evocarla) durante aquel intenso aguacero el desdichado permaneció en el banco, sin moverse. De todos los canalones fluía y gorgoteaba el agua, desde la ciudad resonaba el rugido de los coches, a derecha e izquierda pasaban sombras arrebujadas en sus abrigos; todos los seres vivos se agazapaban, escapaban, huían, buscaban refugio; personas y animales mostraban su miedo ante los furiosos elementos... Tan solo aquel bulto negro se mantenía quieto y estático en el banco. Ya le he indicado a usted que el joven poseía la mágica cualidad de representar plásticamente cada una de sus emociones mediante gestos y movimientos; pues bien: nada, nada en este mundo podría expresar de un modo tan sobrecogedor la desesperación, la rendición más absoluta y la muerte en vida que aquella inacción, aquella languidez inmóvil e insensible al azote de la lluvia, aquel cansancio superlativo para levantarse y caminar los pasos que lo separaban del tejadillo protector, aquella postrera indiferencia hacia la propia vida. Ningún escultor, ningún poeta, ni Miguel Ángel ni Dante, me han transmitido de manera tan conmovedora el último y mayor de los infortunios como aquel ser humano que se dejaba zarandear por los elementos, demasiado apático, demasiado cansado para protegerse siquiera con un gesto.

Semejante abandono me movió a la acción, no pude evitarlo. Con decisión avancé hasta el banco, bajo el asalto de la lluvia, y sacudí al joven empapado.

—¡Venga conmigo! —Lo agarré del brazo. Algo en él pareció despertar, pero no me entendía—. ¡Vamos, venga!

Tiré de nuevo, casi con furia, de la manga mojada. Entonces se levantó, abúlico y tambaleándose.

—¿Qué quiere usted? —me preguntó.

Y yo no tenía respuesta, porque no sabía adónde llevarlo. Tan solo quería protegerlo del helado chaparrón, de aquella indiferencia suicida que era muestra de una desesperación total. No solté la manga, sino que continué tirando de él hasta el quiosco, donde el estrecho tejadillo al menos resguardaba un poco del furioso ataque del viento y de los elementos. No sabía qué más hacer y tampoco quería hacer más. Tan solo deseaba guarecer al joven; pero no había pensado en nada más.

Y así permanecimos uno junto al otro en la estrecha franja seca, a nuestra espalda el quiosco cerrado, sobre nosotros el corto saledizo bajo el que la lluvia incesante nos lanzaba, maliciosamente y en súbitas ráfagas, salpicaduras frías a la ropa y a la cara. La situación se volvió insoportable. No podía seguir así, de pie junto a aquel joven empapado. Por otro lado, tampoco podía marcharme sin decir una palabra después de haberlo arrastrado hasta allí. Algo tenía que hacer. Poco a poco, logré obligarme a pensar con claridad. Lo mejor sería, pensé, llevarlo a su alojamiento en un coche y después regresar yo al mío: ya se las arreglaría al día siguiente. De modo que pregunté al joven, que se mantenía inmóvil y mirando fijamente a la noche:

—¿En qué hotel se queda?

—No tengo alojamiento... Llegué por la tarde en el tren de Niza... A mi hotel no podemos ir.

En ese momento no entendí su última frase. Solo después comprendí que el joven me había tomado por una... por una *cocotte,* por una de esas mujeres que rondan por decenas el casino esperando arrebatar algún dinero a los jugadores afortunados o a los borrachos. En realidad, tampoco me extraña que lo pensara porque ahora, al contárselo a usted, soy consciente de lo inverosímil, de lo ilógico de mi situación... Qué otra cosa podía pensar, cuando la manera en que lo había levantado del banco y arrastrado conmigo no era en absoluto propia de una dama. Pero eso no se me ocurrió en aquel momento. Solo después, demasiado tarde, caí en la cuenta de la imagen equivocada y abominable que se había formado de mí. De lo contrario, jamás habría pronunciado las siguientes palabras, que solo podían contribuir a reforzar su error. Le dije:

—Pues entonces tendremos que buscar un hotel. No puede quedarse aquí. Necesita una habitación.

Entonces fue cuando comprendí su abochornante equivocación, porque, sin mirarme y con cierta expresión de sarcasmo, contestó:

—No, no necesito una habitación. Ya no necesito nada. No te esfuerces, de mí no sacarás nada. Conmigo has hecho muy mala elección: no tengo dinero.

Lo dijo de un modo tan terrible, con una indiferencia tan estremecedora... Y su aspecto, apoyado sin fuerzas contra la pared, empapado y exhausto, me conmovió hasta tal extremo que no tuve tiempo para sentirme mezquinamente ofendida. Solo sentía lo mismo que intuí cuando lo vi abandonar la sala tambaleándose, y también durante esa hora inverosímil: que aquella persona, joven y llena de vida, se encontraba al borde de la muerte, y que yo debía salvarlo. Me acerqué a él.

—¡No se preocupe por el dinero y venga conmigo! Aquí no puede quedarse, yo le buscaré alojamiento. De verdad, no se preocupe, ¡acompáñeme!

Entonces volvió la cabeza y noté que, en medio de la oscuridad, mientras la lluvia caía a nuestro alrededor y el canalón salpicaba agua a nuestros pies, por primera vez se esforzaba en verme la cara. También su cuerpo pareció despertar lentamente del letargo.

—Está bien, como quieras —cedió—. Ya todo me da igual... Así que, ¿por qué no? Vamos.

Abrí el paraguas y él se puso a mi lado y me cogió del brazo. Aquella repentina confianza me resultó desagradable, me espantó y me sacudió hasta lo más profundo del corazón. Pero no tenía el valor de prohibirle nada; temía que, si lo rechazaba, se precipitaría al vacío y todo cuanto había hecho por él hasta ese momento sería en vano. Recorrimos de nuevo los pocos pasos que nos separaban del casino. Solo entonces me percaté de que no tenía un plan de acción. Lo mejor, pensé de manera precipitada, sería llevarlo a un hotel y, una vez allí, darle dinero para que pudiera pernoctar y regresar a su hogar al día siguiente; más allá de eso no se me ocurría nada. Los coches de punto pasaban raudos por delante del casino, de modo que paré uno y nos subimos. Cuando el cochero preguntó adónde íbamos, no supe qué contestar. Pero, comprendiendo de pronto que el joven empapado y chorreante que llevaba a mi lado no sería admitido en ningún buen hotel y, al mismo tiempo (como mujer carente de la más mínima experiencia), sin poder siquiera imaginar ningún malentendido, ordené al cochero:

—¡A cualquier hotel sencillo!

El hombre, impasible y empapado, arreó los caballos. El desconocido sentado a mi lado no pronunció una palabra; las ruedas resonaban y la lluvia golpeaba con fuerza los cristales. En aquel cubículo, oscuro como un sarcófago, me pareció que viajaba con un cadáver. Hice un esfuerzo por pensar, por encontrar algo que decir para aliviar la tensión de aquella extraña y terrible compañía, pero no se me ocurría nada. Transcurridos unos minutos el carruaje se detuvo; yo me apeé primero y pagué al cochero mientras el joven, como en sueños, cerraba la portezuela. Nos encontrábamos a la puerta de un hotelito que yo no conocía; un tejadillo abovedado de cristal nos ofrecía cierto refugio de la lluvia, que rasgaba la oscura noche con su espantosa monotonía.

Casi sin darse cuenta, y cediendo bajo su propio peso, el joven se había apoyado en la pared; le chorreaba agua del sombrero y de las aplastadas ropas. Parecía un medio ahogado a quien se ha sacado aturdido del río y, a sus pies, se había formado un arroyuelo. Pero no hizo el más mínimo gesto de sacudirse la ropa ni de quitarse el sombrero, del que le escurrían gotas por la frente y por la cara. Se mantenía totalmente apático y no encuentro las palabras para explicarle a usted cuánto me entristeció verlo tan hundido.

Algo debía hacer. Busqué en el monedero y le dije:

—Aquí tiene cien francos. Reserve una habitación y vuélvase mañana a Niza. —Levantó la vista, asombrado—. Lo he estado observando en el casino —expliqué, al verlo vacilar—. Sé que lo ha perdido todo y temo que vaya derecho a cometer una locura. No es una vergüenza dejarse ayudar... ¡Tenga, cójalo!

Pero me apartó la mano con una energía que me sorprendió.

—Eres una buena persona —respondió—, pero no tires el dinero. Nada puede ayudarme. Que esta noche duerma o no duerma es totalmente indiferente. Mañana todo habrá acabado. No hay forma de ayudarme.

—No, no, debe tomar el dinero —insistí—. Mañana pensará de otro modo. Ahora suba y acuéstese. A la luz del día las cosas siempre se ven distintas.

De nuevo le acerqué el dinero y entonces me apartó la mano casi con violencia.

—Déjalo —rechazó con voz apagada—, da igual. Es mejor que lo haga en la calle, así no mancharé de sangre la habitación. Cien francos no pueden ayudarme, ni mil tampoco. Lo que me sobrara me lo jugaría mañana en el casino y no pararía hasta que todo desapareciera. Para qué empezar otra vez. Ya estoy harto.

No puede usted imaginarse hasta qué punto aquel tono lúgubre me llegó al alma. Pero póngase en mi situación: tiene ante usted a una persona joven e inteligente y sabe que, si no reúne todas sus fuerzas, en dos horas ese joven que piensa y habla y respira no será más que un cadáver. Entonces sentí una especie de rabia, una furia, por vencer aquella resistencia absurda. Lo agarré del brazo.

—¡Déjese ya de locuras! Ahora mismo va a subir ahí y a reservar una habitación. Mañana temprano vendré para llevarlo a la estación. Debe marcharse de aquí. Mañana regresará a su casa. No descansaré hasta que yo misma lo deje subido en el tren con el billete en la mano. La vida no se tira por la ventana siendo tan joven solo por perder unos cientos o unos miles de francos. Eso es pura cobardía, una histeria estúpida fruto de la rabia y de la desesperación. ¡Mañana me dará la razón!

—¡Mañana! —repitió, con una entonación lúgubre e irónica—. ¡Mañana! ¡Si supieras dónde estaré mañana! Si lo supiera yo mismo... De hecho, siento cierta curiosidad... Vete a casa, cariño. No te esfuerces ni tires tu dinero.

Pero no podía ceder. Me había poseído una especie de manía, de furor. Le agarré la mano con gesto violento y le puse dentro el billete.

—¡Va a coger este dinero y a subir ahora mismo! —Me acerqué al timbre con decisión y lo pulsé—. Acabo de llamar. Enseguida vendrá el portero y usted subirá y se acostará. Mañana a las nueve lo espero aquí para llevarlo a la estación. Descuide, lo tendré todo preparado para que regrese a su casa. ¡Ahora acuéstese, duérmase y no piense en nada más!

En aquel momento se oyó el tintineo de una llave y el portero abrió la puerta.

—¡Ven conmigo! —dijo inesperadamente el joven, con voz fuerte y firme.

Sentí que me atenazaba la muñeca con dedos férreos. Me asusté... Quedé tan aterrorizada, tan trastornada, tan fulminada por el miedo que perdí del todo el juicio... Quería defenderme, soltarme... Pero mi voluntad estaba paralizada... y me..., usted sabrá entenderlo..., me daba vergüenza pelearme con un desconocido delante del portero, que aguardaba con impaciencia. De modo que... de pronto me encontré dentro del hotel. Quería hablar, decir algo, pero se me cerraba la garganta... Su mano me aprisionaba el brazo... Percibí aturdida que me llevaba escaleras arriba..., el chasquido de una llave...

Y de repente me vi a solas con aquel extraño en la habitación de un hotel cuyo nombre sigo sin conocer a fecha de hoy.

*

Mrs. C. volvió a interrumpirse y se puso en pie de repente. La voz parecía no obedecerla. Se acercó a la ventana y se quedó callada mirando fuera, o quizá solo apoyó la frente contra el frío cristal: no tuve el valor de fijarme, pues me resultaba penoso observar a la anciana dama en tal momento de agitación. De modo que permanecí mudo, sin preguntar nada, sin hacer un ruido, y esperé hasta que, con pasos mesurados, regresó y tomó asiento delante de mí.

—Bien... pues lo más difícil ya está dicho. Espero que me crea cuando le aseguro una vez más, cuando le juro por todo lo que me es sagrado, por mi honor y por mis hijos, que hasta aquel instante no se me había pasado por la cabeza comenzar ningún tipo de... de relación con ese desconocido; y que me vi arrastrada a esa situación sin la menor voluntad consciente, sin la más mínima lucidez, como si de súbito cayera por una trampilla que se había abierto en el recto camino de mi existencia. Me he jurado ser veraz, ante usted y ante mí misma, de modo que he de insistir en que me vi envuelta en aquella trágica aventura a causa tan solo de un exacerbado sentido del deber de socorro, y no de un sentimiento personal; es decir, sin perseguir ningún deseo y sin poder intuir nada.

Por favor, ahórreme relatar lo que sucedió esa noche en esa habitación; no he olvidado ni un solo segundo, ni deseo olvidarlo. Porque esa noche luché con un ser humano por su vida, pues insisto: aquella batalla se libraba a vida o muerte. Advertía con total claridad, con cada nervio de mi cuerpo, que aquel desconocido, aquel hombre casi acabado, se agarraba a su última oportunidad con la ansiedad y el frenesí de un condenado a muerte. Se aferraba a mí como quien siente abrirse el abismo bajo sus pies. Por el contrario, yo lo había abandonado todo con el fin de salvarlo, había empleado todo mi empeño. Un momento así solo se experimenta una vez en la vida y, de entre millones de personas, tan solo una... De no ser por aquella aciaga casualidad, jamás habría imaginado con qué ardor, con qué desesperación, con qué ansia desatada absorbe hasta la última gota de vida quien se ha rendido, quien está ya perdido; jamás habría comprendido, tras veinte años alejada de las fuerzas demoniacas de la existencia, la manera avasalladora y fantástica en que la naturaleza reúne en el mismo instante el calor y el frío, la vida y la muerte, el placer y la desesperación. Aquella noche estuvo tan llena de lucha y de conversación, de pasión y rabia y odio, de lágrimas de súplica y de embriaguez, que pareció durar mil años; y nosotros éramos dos personas que caían entrelazadas al abismo, la una rabiosamente enfurecida, la otra del todo ignorante, que emergieron cambiadas de aquella contienda mortal: distintas, radicalmente transformadas, con otros pensamientos y otros sentimientos.

Pero de eso no deseo hablar. No puedo ni quiero describirlo. Tan solo esbozaré el pavoroso momento del despertar a la mañana siguiente. Me desperté de un sueño de plomo, de una profundidad nocturna como nunca había experimentado. Necesité mucho tiempo para abrir los ojos y lo primero que vi fue un techo desconocido y, después, un cuarto totalmente extraño y desagradable, al que no recordaba cómo había llegado. Primero me dije que era un sueño, un sueño lúcido y transparente al que había ascendido desde aquel sopor profundo y confuso... Pero por las ventanas se veía la afilada luz del sol, sin duda real, y en la calle resonaban el ruido de los carruajes, las campanas de los tranvías y el murmullo de la multitud; y entonces comprendí que no soñaba y que estaba despierta. Por instinto, me incorporé para poder pensar, y allí... al mirar a un lado... vi... (jamás alcanzaré a describirle mi terror) a un extraño dormido a mi lado en la amplia cama... extraño, extraño del todo; un hombre medio desnudo y desconocido...

Comprendo perfectamente que semejante horror es indescriptible: cayó sobre mí con tal violencia que me desvanecí sin fuerzas en la cama. Pero no se trató de un desmayo, de una bendita pérdida de conciencia, sino al contrario: con una rapidez fulminante todo me resultó tan claro como inconcebible y tan solo deseé morirme del asco y de la vergüenza que me producían hallarme con un desconocido en la cama de un hotelucho, sin duda de mala reputación. Aún hoy recuerdo vívidamente que se me paró el corazón y contuve el aliento como si así pudiera anular mi vida y, sobre todo, mi conciencia; aquella conciencia dotada de una claridad espantosa que todo lo entendía sin comprender nada.

Nunca sabré cuánto tiempo permanecí allí tendida con el cuerpo agarrotado. Seguramente los muertos yacen en

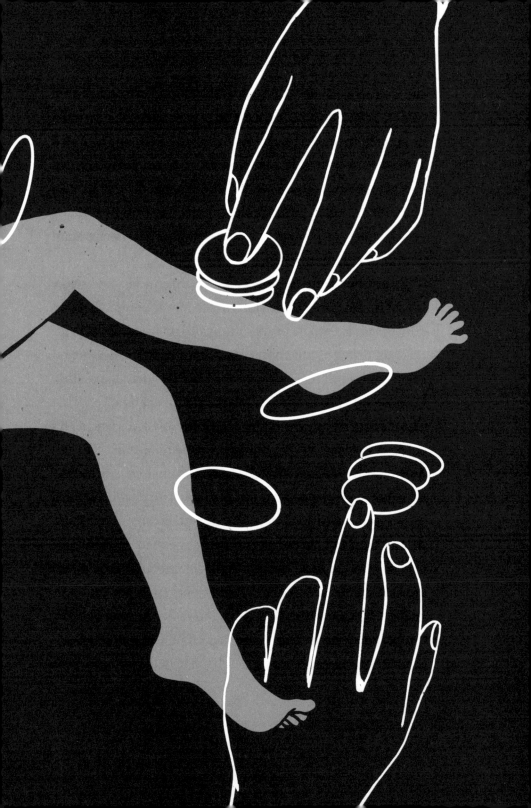

sus féretros con idéntica rigidez. Solo sé que, con los ojos cerrados, imploraba a Dios, a algún poder celestial, que nada de aquello fuera cierto, que no fuera real. Pero mis sentidos aguzados no permitían engaño alguno, oía personas que hablaban y agua que corría en la habitación de al lado, pies que se arrastraban por el pasillo, y cada uno de esos sonidos atestiguaba sin piedad que mis sentidos se encontraban perfectamente despiertos.

En ese momento no supe cuánto duró aquel estado atroz: los segundos como esos transcurren en un tiempo distinto del de la vida. Pero de pronto me asaltó un miedo de otra índole, un terror espeluznante: que aquel extraño, del que no sabía ni el nombre, se despertara y me dirigiera la palabra. Comprendí al instante que solo tenía una salida: vestirme y huir antes de que despertara. Que no volviera a verme, no volver a hablarle jamás. Salvarme a tiempo, huir, huir, regresar a mi vida, a mi hotel y, con el primer tren, alejarme de aquel lugar depravado, de aquel país; no encontrármelo nunca más, no verlo nunca más, no tener testigos, acusadores ni cómplices. Aquel pensamiento me sacó del desmayo: con mucho cuidado, con los sigilosos movimientos de un ladrón, salí de la cama muy lentamente (solo por no hacer ruido) y busqué a tientas la ropa. Me vestí con gran cautela, temblando ante la idea de que en cualquier momento pudiera despertarse. Por fin estuve lista, lo había logrado. Pero mi sombrero había quedado al otro lado, a los pies de la cama, y en el momento en que trataba de alcanzarlo de puntillas, en ese preciso instante, no pude contenerme: tuve que mirar el rostro de aquel desconocido que había caído en mi vida como se desploma el fragmento suelto de una cornisa. Pretendía observarlo tan solo un segundo, pero... sucedió algo muy raro, y es que el joven que allí descansaba me resultó un auténtico extraño: en un primer momento fui incapaz de reconocer la cara que había visto el día anterior. Sus rasgos desfigurados por las pasiones, crispados y desencajados por una agitación mortal, parecían haberse desvanecido... Este otro joven mostraba una cara distinta, infantil, de muchacho, que irradiaba pureza y serenidad. Los labios, ayer tensos y apretados entre los dientes, soñaban ahora ligeramente entreabiertos y dibujaban una media sonrisa; en suaves bucles caía el cabello rubio sobre la frente relajada y en apacibles oleadas llegaba el aire desde el pecho a todo el cuerpo en estado de descanso.

Quizá recuerde usted que antes le aseguré no haber contemplado nunca una expresión de ansia y de pasión en una dimensión tan colosal como la de aquel desconocido en la mesa de juego. Y ahora le digo que jamás, ni siquiera en los bebés, que dormidos emanan un angelical resplandor de felicidad, jamás he conocido semejante expresión de pura dicha, de auténtica placidez durante el sueño. Pues, en efecto, aquel rostro reflejaba con plasticidad única todos los sentimientos: en ese instante, la celestial liberación de todas las cargas, un escape, una redención. Ante esa visión inesperada, todo el miedo, todo el espanto se desprendió de mis hombros como un manto pesado y negro; ya no me avergonzaba, al contrario, me sentí casi contenta. Lo terrible, lo incomprensible cobró sentido de pronto, me alegré y me enorgullecí al pensar que, sin mi intervención, el joven delicado y hermoso que allí yacía, apacible y sereno como una flor, habría acabado estrellado, ensangrentado, inerte, con el rostro desfigurado y los ojos muy abiertos en algún despeñadero: yo lo había rescatado; estaba salvado. Y entonces contemplé con mirada maternal (no sabría expresarlo de otro modo) a aquel muchacho dormido a quien había devuelto la vida experimentando más dolor que cuando se la di a mis propios hijos. En mitad de la habitación ajada y sucia de aquel hotel de paso, repugnante y mugriento, me inundó (por ridículo que resulte al ponerlo en palabras) un sentimiento como de iglesia, un gozo que mezclaba milagro y santidad. El momento más terrible de toda mi vida se había desdoblado en otro, el más maravilloso y sobrecogedor.

¿Hice demasiado ruido al moverme? ¿Pronuncié alguna palabra sin darme cuenta? No lo sé. Pero de pronto el extraño abrió los ojos. Me sobresalté y retrocedí asustada. Miró sorprendido a su alrededor, como antes hiciera yo, y pareció emerger con dificultades de una gran profundidad y confusión. La mirada recorrió con esfuerzo la habitación desconocida y después se posó en mí con asombro. Pero antes de que él alcanzara a decir o siquiera a pensar algo, yo ya me había recompuesto. No debía dejarlo hablar, nada de preguntas ni de dar pie a confianza alguna; nada debía repetirse, nada debía explicarse ni comentarse de lo sucedido el día anterior, ni aquella noche.

—Debo irme —dije con precipitación—. Usted quédese y vístase. Nos veremos a las doce en la puerta del casino. Allí me ocuparé de todo.

Y antes de que pudiera responder una palabra, salí huyendo para no ver aquel cuarto nunca más; abandoné deprisa y sin mirar atrás aquel establecimiento cuyo nombre desconocía, al igual que el del extraño con el que había pasado una noche allí.

*

Mrs. C. interrumpió su relato por un instante. Pero toda la tensión y todo el tormento habían desaparecido de su voz: como un carruaje que ha ascendido con esfuerzo una montaña y, una vez arriba, rueda raudo y ligero ladera abajo, con ese mismo alivio continuó su exposición:

—De modo que me apresuré a mi hotel por las calles bañadas de resplandor matutino. El aguacero había diluido toda opacidad del cielo y, de modo similar, la torturante sensación había desaparecido de mi interior. Porque debe usted tener presente lo que le he dicho antes: desde la muerte de mi marido, daba la vida por perdida. Mis hijos no me necesitaban, yo misma no esperaba nada de mí, y la existencia es un absurdo si carece de un objetivo definido. De pronto, de manera inesperada, se me había asignado una misión: había salvado a una persona, había impedido su aniquilación haciendo uso de todas mis fuerzas. Solo restaba solucionar unos asuntos y la misión quedaría cumplida hasta el final. Así que volví a mi hotel, donde hice caso omiso de la mirada estupefacta del portero al verme regresar a las nueve de la mañana. Ya no sentía vergüenza ni malestar por lo sucedido, sino un repentino restablecimiento de las ganas de vivir; la inesperada conciencia de que mi existencia era necesaria me recorría cálidamente las venas. Ya en la habitación, me cambié de ropa a toda prisa y, sin darme cuenta (solo me percaté más tarde), me quité el traje de luto y lo sustituí por otro de color más claro; acudí al banco a retirar dinero y me apresuré a la estación para informarme de los horarios de los trenes. Con una decisión que me resultó sorprendente despaché, además, otros recados y citas pendientes. Ahora solo quedaba que se consumara la partida y, con ella, la salvación definitiva de aquel joven que el destino había confiado a mis manos.

Sin embargo, reencontrarme con él requería mucha presencia de ánimo. Porque lo acontecido el día anterior había sucedido en la oscuridad, en un remolino, éramos como dos piedras que chocan repentinamente en una torrentera; apenas nos conocíamos cara a cara y ni siquiera estaba segura de que aquel extraño pudiera reconocerme. Lo de la noche anterior había sido un puro azar, una enajenación, una obsesión de dos personas desorientadas; ahora, en cambio, era necesario exponerme mucho más porque debía presentarme ante él bajo la implacable luz del día, con toda mi persona, con mi rostro, como un ser humano completo.

Pero todo resultó mucho más fácil de lo que había imaginado. Apenas me había aproximado al casino a la hora acordada cuando, de un respingo, un joven se levantó de un banco y acudió raudo a mi encuentro. En su gesto de sorpresa había algo tan espontáneo e infantil, tan impremeditado y dichoso como en todos sus expresivos movimientos: vino volando hasta mí con un brillo de alegría agradecida y reverente en los ojos, que bajó con humildad al advertir en los míos la confusión que su presencia me provocaba. El agradecimiento es algo que muy pocas veces manifiestan las personas, y son precisamente las más agradecidas quienes menos logran expresarlo; guardan un silencio confuso, se avergüenzan y hacen como que tartamudean para ocultar sus sentimientos. Sin embargo, en aquel joven, al que Dios, como un escultor misterioso, dotaba de gestos sensuales, bellos y plásticos para exteriorizar todos los sentimientos, resplandecía ahora el agradecimiento como una llama que irradiara desde el centro de su pecho. Se inclinó sobre mi mano y, agachando con devoción la cabeza de muchacho finamente cincelada, permaneció así un minuto en un respetuoso beso que tan solo me rozaba los dedos. Después retrocedió, preguntó cómo me encontraba y me miró de un modo enternecedor; y había tal decoro en cada una de sus palabras que en pocos minutos mis últimos temores se disiparon. Como un reflejo de mi alivio, también el paisaje que nos rodeaba resplandecía, liberado de su embrujo: el mar, el día anterior agitado y colérico, se mantenía tan sereno, inmóvil y claro que veíamos centellear cada guijarro de la pequeña playa; el casino, esa ciénaga infernal, se alzaba con luminosidad morisca contra un cielo limpio adamascado, y aquel quiosco en cuyo saledizo nos hostigó la lluvia se había abierto para convertirse en un comercio de flores; por todas partes relucía un moteado desorden de ramos de flores y pimpollos, blancos, rojos, verdes, multicolores, que vendía una muchachita vestida con una alegre blusa.

Lo invité a comer en un pequeño restaurante; allí, el desconocido me contó la historia de su trágica aventura. Fue la constatación del presentimiento que tuve la primera vez que vi sus manos temblorosas y agitadas sobre el tapete verde. Provenía de una antigua familia aristocrática de la Polonia austriaca[2] y su destino era la carrera diplomática; había estudiado en Viena y hacía un mes que se había presentado al primero de sus exámenes, en el que obtuvo una calificación extraordinaria. Para celebrarlo, su tío, un alto oficial del Estado Mayor (con el que residía), lo premió con un paseo en calesa hasta el Prater, donde acudieron al hipódromo. El tío era afortunado en el juego y ganó tres veces seguidas; esa noche, con el fajo de billetes, se dieron un festín en un restaurante distinguido. Al día siguiente, como recompensa por el buen resultado en el examen, el diplomático en ciernes recibió de su padre una suma por valor de su asignación mensual. Tan solo dos días antes, esa cantidad le habría parecido elevada, pero entonces, tras haber presenciado con qué facilidad era posible obtener ganancias, la encontró escasa e insignificante. De modo que nada más finalizar la comida se dirigió de nuevo al hipódromo, apostó con ardor y sin freno, y la suerte, o más bien la mala suerte, quiso que se marchara del Prater habiendo triplicado aquella suma. Y desde ese momento se apoderó de él la locura del juego, ya fuera en las carreras, en los cafés o en los clubs, locura que le consumía el tiempo, los estudios, los nervios y, sobre todo, el dinero. Ya no podía pensar ni dormir en paz, ni mucho menos controlarse; una noche, al regresar a casa

---

2 Denominación de la época para la región de la Galitzia austriaca.

del club, donde lo había perdido todo, encontró al desvestirse un billete arrugado, olvidado en el chaleco. No pudo contenerse y salió a deambular hasta que encontró en un café a unos jugadores de dominó, con los que se quedó hasta el amanecer. En una ocasión su hermana acudió en su ayuda y saldó sus deudas con los prestamistas, que se mostraban más que dispuestos a conceder crédito al heredero de un gran apellido aristocrático. Durante un tiempo se fue salvando gracias a la suerte en el juego, pero después todo fue en un continuo declive y, cuanto más perdía, más imperiosa se hacía la necesidad de una ganancia sustancial que resarciera las deudas sin pagar y las palabras de honor vencidas. Hacía tiempo que había vendido el reloj y algunas ropas, y al final sucedió algo espantoso: robó del armario de su anciana tía dos espléndidos broches que apenas se ponía. Uno lo empeñó por una elevada suma que aquella misma noche cuadruplicó en el juego. Pero, en lugar de desempeñar la joya, arriesgó todo el dinero y lo perdió. En el momento de su marcha, el robo aún no se había descubierto, de modo que empeñó el segundo broche y, siguiendo una idea súbita, se montó en un tren a Montecarlo con el fin de ganar en la ruleta la fortuna soñada. Nada más llegar allí, vendió la maleta, sus ropas y el paraguas, y no le quedó nada salvo un revólver con cuatro balas y una pequeña cruz con piedras preciosas de su madrina, la princesa X, de la que no quería deshacerse. Sin embargo, a mediodía la vendió también por cincuenta francos para, aquella velada, poder experimentar una última vez la trepidante emoción del juego a vida o muerte.

Me relataba aquella historia con la fascinadora elegancia que emanaba todo su ser, animado por la gracia creadora. Yo lo escuchaba conmovida, cautivada y estremecida. En ningún momento se me pasó por la cabeza enfadarme porque el joven sentado a mi mesa fuera, en realidad, un ladrón. Si el día anterior alguien me hubiera siquiera insinuado (a mí, una mujer de vida intachable que exigía de los demás la respetabilidad más estricta e irreprochable) que me encontraría en cordial compañía con un joven desconocido poco mayor que mi hijo y que había robado unas joyas, lo habría tomado por loco. Durante su relato ni por un instante sentí nada similar a la desaprobación, puesto que lo contaba todo de un modo tan natural, y con tal entusiasmo, que sus palabras más bien parecían describir unas fiebres que un escándalo. Y, además, para quien, como yo, hubiera experimentado algo tan arrolladoramente inesperado la noche anterior, el adjetivo «imposible» habría perdido de golpe todo su significado. Pues en aquellas diez horas había aprendido mil veces más sobre la realidad que en mis cuarenta años de vida burguesa.

Era otra cosa la que me asustaba de aquella confesión: el brillo febril que le iluminaba los ojos y le crispaba la cara cuando se refería a su pasión por el juego. Bastaba mencionarla para que se exaltara y su expresivo rostro reflejara con terrible claridad cada emoción, ya fuera placentera o dolorosa. Sin ser consciente de ello, sus manos, aquellas manos magníficas, finas y nerviosas, comenzaron a convertirse, como en la mesa de juego, en animales depredadores que se atacaban y huían: mientras hablaba, las vi estremecerse, retorcerse y cerrarse con fuerza para luego abrirse de golpe y volver a entrelazarse. Cuando confesó el robo de los broches, aquellas manos se lanzaron hacia delante (para mi sobresalto), repitiendo el rápido movimiento del hurto: vi perfectamente los dedos enloquecidos abalanzándose sobre las joyas y escondiéndolas en el hueco del puño. Y con un terror sin límites comprendí que el joven estaba envenenado hasta la médula por aquella obsesión.

De todo su relato era tan solo eso lo que me estremecía y horrorizaba, aquel sometimiento lastimoso de una persona joven, lúcida y alegre por naturaleza, ante una inclinación de todo punto insensata. Por ello consideré que mi primer deber era instar amablemente a mi protegido a marcharse lo antes posible de Montecarlo, el lugar donde la tentación es más peligrosa; debía regresar con su familia ese mismo día, antes de que la desaparición de los broches fuera advertida y su futuro quedara arruinado para siempre. Prometí que le proporcionaría dinero para el viaje y para desempeñar las joyas, por supuesto bajo la condición de que se marchara ese mismo día y de que me jurase por su honor que jamás volvería a tocar un naipe ni a participar en ningún otro juego de azar.

Jamás olvidaré la expresión primero de humillación y luego de creciente agradecimiento con que me escuchaba aquel joven desconocido y descarriado, cómo parecía beberse mis palabras cuando le prometía mi ayuda. De pronto puso las manos sobre la mesa para tocar las mías, en un gesto imborrable que era una mezcla de adoración y de sagrado juramento. Se le llenaron de lágrimas los ojos claros y algo perdidos, y le temblaba el cuerpo, agitado por una alegre excitación. En múltiples ocasiones he tratado de describirle a usted la expresividad única de sus ademanes, pero aquel gesto en concreto soy incapaz de reproducirlo, pues reflejaba una dicha tan extática, tan celestial como apenas se nos presenta en semblantes humanos. Solo era comparable a la blanca sombra que percibimos cuando, al salir del sueño, creemos distinguir el evanescente rostro de un ángel.

Para qué ocultarlo: no pude resistirme a aquella visión. El agradecimiento nos alegra porque en muy raras ocasiones se nos presenta de manera palpable; y la delicadeza nos hace sentir muy bien. Para mí, una persona mesurada y reservada, aquella demostración constituía una novedad agradable y feliz. Por otra parte, al igual que aquel joven antes quebrantado y hundido, también el paisaje había revivido mágicamente tras la lluvia del día anterior. Cuando salimos del restaurante, el mar brillaba espléndido y en total calma, y fundía su manto añil con un horizonte tan solo jaspeado de blanco por las gaviotas que surcaban el azul del cielo. Usted conoce bien el paisaje de la Costa Azul. Aunque siempre resulta bello, se ofrece al ojo con el estatismo plano de una postal de colores saturados; se trata de una belleza durmiente y perezosa que, indolente, se deja tocar por todas las miradas, casi oriental en su voluptuosa predisposición. Pero en ocasiones, muy raras veces, se presenta un día en que esa belleza despierta, se abre y casi parece gritarnos con sus colores chillones, increíblemente brillantes; entonces, victoriosa, nos arroja el colorido de sus flores, resplandece, arde en su sensualidad. Fue un día como aquel el que surgió de la tempestad de la noche anterior: blancas relucían las calles, turquesa el cielo, y por todas partes llameaban las flores como coloridas antorchas entre la verde vegetación aún mojada. En el aire límpido y traspasado de sol, las montañas se veían más claras, parecían súbitamente más próximas: curiosas, se acercaban a la pequeña ciudad pulida y esplendorosa. Por todas partes se hacían patentes el impulso y la reanimación de la naturaleza, y su capacidad para abrirnos el corazón.

—Vamos a tomar un coche —propuse— y a recorrer la *corniche*.[3]

Asintió entusiasmado: parecía percibir y contemplar el paisaje por primera vez desde su llegada. Hasta entonces tan solo conocía la sofocante sala del casino, con su olor a humedad y a sudor; la aglomeración de personas horribles y desfiguradas; y un mar desapacible, gris y rugiente. Sin embargo, ahora se desplegaba ante nosotros el inmenso abanico de la costa bañada por el sol y el ojo saltaba alegre de un distante punto a otro. Recorrimos en un lento carruaje (aún no había automóviles) la extraordinaria carreterita, pasando por muchas villas y miradores; mil veces, ante cada casa, ante cada villa cobijada bajo la verde sombra de los pinos, se encendía un deseo secreto: ¡quién viviera allí, en calma, con contento, lejos del mundo!

¿En algún momento de mi vida había sido más feliz que en aquel instante? No lo sé. Llevaba a mi lado a aquel joven que el día anterior luchaba entre las garras de la muerte y la perdición, ahora iluminado por el blanco resplandor del sol: parecía muchos años más joven. Se me antojaba un muchacho, un niño hermoso y juguetón de ojos traviesos pero reverentes, del que nada me agradaba más que su amabilidad infantil: si el carruaje ascendía por un tramo demasiado empinado y los caballos resollaban, se apeaba de un ágil

---

3   Carretera que bordea el litoral y ofrece espléndidas vistas de la Costa Azul.

salto para empujar desde atrás. Si yo nombraba una flor o la señalaba en la linde del camino, se apresuraba a recogerla. Rescató a una tortuga que, despistada por la lluvia del día anterior, avanzaba por la carreterita; la depositó en la lozana hierba para que no la aplastaran otros carruajes. Entretanto, contaba con alegría las anécdotas más divertidas y encantadoras: creo que la risa representaba para él una suerte de desahogo, de lo contrario, habría tenido que cantar o brincar o alborotar; tan feliz, tan extasiada era su euforia.

Cuando, ya en lo alto, atravesábamos despacio un minúsculo pueblecito, de pronto levantó el sombrero con educación. Me quedé asombrada. ¿A quién saludaba allí el más extraño de entre los extraños? Se sonrojó un poco ante mi pregunta y me explicó, casi con tono de disculpa, que acabábamos de dejar atrás una iglesia y que en Polonia, como en todos los países católicos estrictos, acostumbraban desde pequeños a quitarse el sombrero ante cada iglesia y ante cada casa de Dios. Aquel respeto por la religión me conmovió profundamente y recordé la cruz que había mencionado, de modo que le pregunté si era creyente. Cuando reconoció, con humildad y gesto algo avergonzado, que esperaba ser digno de la gracia de Dios, se me ocurrió de pronto un pensamiento.

—¡Pare! —grité al cochero, y me apeé rápidamente del carruaje. El joven me siguió, sorprendido.

—¿Adónde vamos?

Pero me limité a contestar:

—Venga conmigo.

Juntos retrocedimos hasta la iglesita, un pequeño templo rural de ladrillo. En el interior dormitaban las paredes encaladas, grisáceas y vacías; la puerta estaba abierta y un triángulo de luz amarilla se abría paso en la oscuridad, mientras en el fondo las sombras azuladas rodeaban el altar. Desde la cálida penumbra del incienso, dos cirios nos observaban como un par de ojos velados. Al entrar se tocó el sombrero, se mojó los dedos en la pila de agua bendita, se santiguó e hizo una genuflexión. Apenas se incorporó, lo agarré del brazo y lo apremié:

—Elija una capilla o una imagen que venere y haga la promesa que voy a indicarle.

Me miró perplejo, casi asustado. Pero, comprendiendo al instante, se dirigió obediente a una capilla, se persignó y se arrodilló.

—Repita lo que le voy a decir —ordené, temblando de la emoción—. Repita conmigo: juro...

—Juro... —comenzó él, y yo continué:

—... que nunca más participaré en un juego donde se apueste dinero, sin importar del tipo que sea, y que jamás arriesgaré de nuevo mi vida y mi honor.

Estremecido, pronunció las mismas palabras; fuertes y claras resonaron en el absoluto vacío de la iglesia. Entonces sobrevino un silencio, un silencio tan total que se percibía el suave rumor del viento que, fuera, agitaba las hojas de los árboles. De pronto se postró como un penitente y rompió a hablar en un éxtasis que yo jamás había presenciado; recitaba en polaco palabras atropelladas y confusas, incomprensibles para mí. Debía de ser una extática plegaria, una oración de agradecimiento y contrición, pues en aquella impetuosa confesión humillaba la cabeza hasta el reclinatorio; aquellos sonidos extraños se repetían cada vez con más ardor, y las mismas frases se reiteraban con creciente intensidad e indescriptible fervor. Nunca antes, y nunca después, he oído rezar así en ninguna iglesia. Le temblaban las manos, aferradas convulsamente a la madera del reclinatorio, y todo su cuerpo parecía zarandeado por un huracán que en ocasiones lo elevaba y en otras lo dejaba caer. No veía nada, no sentía nada: todo su ser parecía encontrarse en otro mundo, en un purgatorio en espera de transformación o en pleno ascenso a una esfera superior. Por fin se incorporó lentamente, se santiguó y se giró con esfuerzo. Le temblaban las rodillas y tenía el semblante tan pálido como si estuviera al borde de la extenuación. Pero al mirarme le brillaron los ojos y una sonrisa pura, auténticamente piadosa, iluminó el arrobado rostro; se me acercó, hizo una inclinación profunda al estilo ruso, me tomó las manos y las rozó devotamente con los labios.

—Dios la ha puesto en mi camino. Estaba dándole las gracias.

No supe qué decir, pero habría deseado que el órgano alzara su música sobre la basta sillería porque sentía que había cumplido mi propósito: había salvado para siempre a aquel joven.

Salimos de la iglesia y regresamos a la radiante luz de aquel día que parecía de mayo: el mundo jamás se me había antojado más bello. Durante otras dos horas recorrimos lentamente la carreterita panorámica, que en cada curva ofrecía nuevos paisajes. Pero no nos dijimos nada más. Tras aquella demostración de sentimiento cualquier palabra resultaba insignificante. Y si por casualidad nuestras miradas se cruzaban, yo apartaba la mía, avergonzada: me turbaba demasiado reconocer mi propio asombro.

Hacia las cinco de la tarde regresamos a Montecarlo. Exigía mi presencia una reunión familiar que ya me resultaba imposible cancelar. Y, la verdad, en mi fuero interno deseaba una pausa, un sosiego después de tantos sentimientos expresados con tal intensidad. Aquella dicha me desbordaba. Sentía la necesidad de descansar de ese estado de sobreexcitación y éxtasis, un estado como no había experimentado en mi vida. De modo que pedí a mi protegido que me acompañara al hotel; allí, en la habitación, le entregaría el dinero para el viaje y para desempeñar las

joyas. Acordamos que durante mi reunión él compraría el pasaje; después nos encontraríamos a las siete en el vestíbulo de la estación, media hora antes de la partida del tren que lo llevaría a casa pasando por Génova. Ya me disponía a darle cinco billetes cuando los labios se le pusieron extrañamente pálidos.

—No... no me dé dinero, por favor... ¡No me dé dinero! —masculló con los dientes apretados mientras retiraba las manos, temblorosas de inquietud—. No quiero dinero... No lo quiero... No puedo verlo —insistió, físicamente sobrepasado por el asco o por el miedo.

Traté de calmar sus reparos indicándole que solo era un préstamo y que, si así se sentía más cómodo, podía extenderme un recibí.

—Sí... Sí... Un recibí... —murmuró, apartando la mirada.

Arrugó los billetes como si fueran algo sucio y pegajoso y se los guardó en el bolsillo sin mirarlos; después, con caligrafía apresurada, escribió unas frases en un papel. Cuando levantó la vista, el sudor le perlaba la frente: algo parecía pugnar por salir impetuosamente de su interior; en cuanto me entregó el papel, realizó un súbito movimiento (retrocedí asustada), cayó de rodillas y me besó el borde del vestido. Fue un gesto indescriptible: su extrema vehemencia me hizo estremecer. Sentí un extraño escalofrío y, presa de la confusión, tan solo pude balbucear:

—Aprecio de verdad que se muestre tan agradecido. Pero, por favor, ¡márchese ya! Nos despediremos a las siete en el vestíbulo de la estación.

Me miró y un brillo de emoción le empañó los ojos; por un instante creí que diría algo, por un momento pareció querer acercarse a mí. Pero de nuevo hizo una profunda reverencia, muy profunda, y abandonó la habitación.

*

Otra vez interrumpió Mrs. C. su narración. Se había levantado y llevaba un buen rato mirando por la ventana, sin moverse; en su silueta de espaldas se percibía un ligero temblor. De pronto se giró con decisión y sus manos, hasta entonces tranquilas, hicieron un súbito movimiento de separación, como si quisieran rasgar algo. Después me miró con firmeza, casi con arrojo, y comenzó de nuevo:

—Le he prometido ser totalmente sincera. Y ahora veo cuán necesaria era esa promesa. Pues solo ahora, cuando por primera vez me obligo a describir aquel momento de manera ordenada y a encontrar palabras exactas para unos sentimientos que entonces eran enmarañados y confusos, solo ahora comprendo con claridad lo que entonces no sabía o quizá no quería saber. Y por eso deseo contarle a usted, y contarme a mí misma, toda la verdad, con firmeza y decisión: en el instante en que el joven abandonó la habitación y me quedé sola tuve la impresión (cayó sobre mí como un desfallecimiento) de haber recibido un fuerte golpe en el corazón; algo me había herido de muerte, pero no sabía (o me negaba a saber) por qué el comportamiento sin duda conmovedor y respetuoso de mi protegido me lastimaba de un modo tan profundo.

Pero ahora que, con orden y firmeza, me obligo a extraer de mí como un cuerpo extraño todo lo sucedido; ahora que contar con usted como testigo me impide disimular cualquier sentimiento vergonzoso; ahora lo comprendo con claridad: lo que me dolió tanto en aquel momento fue la decepción... la decepción de que... de que el joven se marchara de un modo tan obediente... Sin ni siquiera hacer amago de retenerme o de quedarse conmigo... La decepción de que se doblegara sin resistencia, con humildad y sumisión, a mi deseo de que se marchara, en lugar de... en lugar de intentar atraerme hacia sí... La decepción de que me adorara como a una santa que se le había aparecido en el camino... y no... y no me viera como una mujer.

Fue para mí una gran desilusión... Una desilusión que no admití ante mí misma, ni entonces ni después; pero el instinto de una mujer lo sabe todo, sin mediación de las palabras ni de la razón. Porque... ahora ya no me engaño: si el deseo me hubiera asaltado, si me hubiera empujado, me habría ido con él al fin del mundo, habría deshonrado mi apellido y el de mis hijos... Me habría fugado con él, sin importarme lo que dijeran la gente ni mi propio juicio, como madame Henriette se ha escapado con ese joven francés al que hace apenas unos días no conocía... No habría preguntado adónde, ni por cuánto tiempo, no me habría girado siquiera un instante para mirar mi vida anterior... Por ese hombre habría sacrificado mi dinero, mi nombre, mi fortuna y mi honor... Incluso habría mendigado por las calles, y seguramente no exista una bajeza en este mundo a la que él no hubiera podido inducirme. Todo lo que comúnmente llamamos pudor y respetabilidad lo habría dejado atrás si él se hubiera acercado con tan solo una palabra o con un paso, si hubiera intentado tocarme; hasta tal punto me encontraba en sus manos en aquel momento. Pero... ya se lo he dicho antes, aquel joven extrañamente aturdido ya no tenía ojos para mí, ni para la mujer que yo era... Solo fui consciente de la intensidad de mi ardor, de hasta qué punto me había entregado a él, cuando me quedé a solas, cuando el anhelo encendido por su rostro sereno y casi seráfico se apagó lentamente y quedó flotando en la vacía oscuridad de un pecho abandonado. Logré recomponerme con mucho esfuerzo; la reunión familiar me resultaba una carga doblemente indeseada. Sentía como si llevara un casco de hierro que me oprimía la frente y bajo cuyo peso me tambaleaba. Mis pensamientos eran tan débiles como mis pasos cuando por fin me dirigí al hotel de mis parientes. Allí me senté, abstraída en medio de la alegre conversación, sobresaltándome una y otra vez cuando, por casualidad, levantaba los ojos y veía sus rostros inmóviles que se me antojaban rígidos como máscaras en comparación con aquel otro que parecía animado por el juego de luces y sombras de las nubes. Me sentía rodeada de muertos, tan espeluznante y exánime encontraba aquella reunión social. Mientras, ausente, echaba azúcar en la taza y mantenía la conversación, se me aparecía, como impulsado por los latidos de la sangre, aquel semblante cuya contemplación me proporcionaba una piadosa felicidad y que (¡terrible pensamiento!) vería por última vez en una o dos horas. Seguramente suspiré o gemí sin darme cuenta porque, de pronto, la prima de mi marido se inclinó para preguntarme qué me pasaba, si es que no me encontraba bien, dado que me veía pálida y con mala cara. Aquella inesperada pregunta me proporcionó una excusa fácil y rápida: contesté que, en efecto, sufría una migraña, y le pedí por favor que me permitiera retirarme con discreción.

Así, devuelta a mi única compañía, me apresuré de inmediato a regresar al hotel. Una vez allí, sola, me asaltó de nuevo la sensación de vacío y abandono e, intrínsecamente ligado a ella, el anhelo de estar con el joven del que ese día me despediría para siempre. Recorrí la habitación arriba y abajo, abrí sin necesidad las contraventanas, me cambié de vestido y de cinta y me encontré ante el espejo con mirada inquisitiva, preguntándome si, así adornada, conseguiría atraer sus ojos. Entonces, de repente, lo comprendí: ¡haría lo que fuera con tal de no apartarme de él! Aquel deseo se convirtió en decisión en el brevísimo intervalo de un segundo. Bajé a toda prisa para informar al conserje de que me marchaba en el tren de la tarde. Debía apresurarme: llamé a la doncella para que me ayudara a recoger porque el tiempo apremiaba. Y mientras con precipitación febril metíamos en las maletas vestidos y enseres, me imaginaba la escena de la sorpresa: cómo lo acompañaría al tren y, en el último, ultimísimo minuto, cuando ya se dispusiera a tomar mi mano y despedirse, para su inmenso asombro me subiría con él al vagón y pasaría con él esa noche y las siguientes... Tantas como él quisiera. Una especie de alegre torbellino me recorría la sangre y a veces, para perplejidad de la doncella, se me escapaba una risa inesperada mientras lanzaba ropa a las maletas. Me daba cuenta de que mis sentidos estaban confundidos. Cuando acudió el mozo para recoger el equipaje, me lo quedé mirando con extrañeza; me resultaba muy difícil pensar en cuestiones materiales cuando por dentro me embargaba la emoción.

El tiempo apremiaba, ya debían de ser cerca de las siete; en el mejor de los casos, solo quedaban veinte minutos para la salida del tren. Sin embargo, me tranquilicé al pensar que ya no se trataba de una despedida, puesto que estaba decidida a acompañarlo en su viaje durante tanto tiempo y tanta distancia como él me permitiera. El mozo se adelantó con las maletas y yo me apresuré a la administración del hotel para abonar la cuenta. El gerente ya me devolvía el cambio y ya me disponía a marcharme cuando una mano me tocó el hombro con suavidad. Me sobresalté. Era mi prima que, inquieta por mi fingido malestar, había acudido a cuidarme. Se me nubló la vista. Era lo último que necesitaba: cada segundo de demora suponía un retraso fatídico. Pero la buena educación me obligaba a ofrecerle conversación al menos por unos instantes.

—Deberías acostarte —me ordenó—. Seguro que tienes fiebre.

Y probablemente así era, sentía con mucha fuerza los latidos del corazón en las sienes y, por momentos, la sombra azulada que precede al desmayo me velaba la vista. Pero resistí y me esforcé en mostrar agradecimiento mientras me abrasaba con cada palabra y ardía en deseos de emprenderla a puntapiés con su más que inoportuna preocupación. Aquella mujer, inquieta por mí de modo tan inconveniente, insistía, insistía e insistía: me ofreció agua de colonia y no se privó de frotármela ella misma en las sienes mientras yo contaba los minutos y pensaba a la vez en él y en cómo encontrar un pretexto para escapar de aquellos exasperantes cuidados. Cuanto más nerviosa me ponía, más se preocupaba ella por mi estado: casi por la fuerza quiso obligarme a volver a mi habitación y a acostarme. Y entonces (en mitad de sus admoniciones), vi de repente el reloj que se encontraba en el vestíbulo: quedaban dos minutos para las siete y media y el tren partía a las siete y treinta y cinco. Bruscamente, como un resorte, con la crudeza brutal de la desesperación, le tendí la mano a mi prima.

—¡Adiós! ¡Tengo que irme!

Indiferente a su expresión de pasmo, sin mirar alrededor, eché a correr, pasé junto a los perplejos empleados, me dirigí a la puerta y desde allí salí a la calle y me apresuré para llegar a la estación. Por las nerviosas gesticulaciones del mozo, que me esperaba allí con el equipaje, comprendí desde lejos que ya era casi la hora. Cegada de rabia, me precipité a la barrera, pero el revisor me impidió el paso: me había olvidado de comprar el billete. Mientras trataba de convencerlo, casi de malos modos, de que me permitiera acceder al andén, el tren se puso en marcha;: temblando de la cabeza a los pies, lo observé con intensidad, por si al menos lograba vislumbrar algo en alguna ventanilla, un gesto de despedida o un adiós. Pero fui incapaz de distinguir su rostro en aquel movimiento acelerado. Los vagones avanzaban cada vez más deprisa y, al cabo de un minuto, tan solo quedaban ante mis ojos espesas nubes de humo negro.

Debí de quedarme allí como petrificada Dios sabe por cuánto tiempo: sin duda el mozo me había dirigido la palabra varias veces antes de atreverse a tocarme el brazo. Entonces di un respingo. Me preguntó si quería que llevara el equipaje de vuelta al hotel. Necesité unos minutos para reflexionar. No, imposible; después de mi salida, ridícula y precipitada, no podía y no quería volver, nunca más. De modo que le ordené, impaciente por encontrarme a solas, que lo depositara en la consigna. Luego, sola en medio del ruidoso torbellino de personas que a intervalos se acumulaba en el vestíbulo y a continuación se dispersaba, intenté pensar; pensar con claridad para salvarme del ahogo desesperanzado y doloroso que sentía, mezcla de rabia, remordimientos y desesperación. Y es que (¿por qué no admitirlo?) la culpa por haber estropeado nuestro último encuentro me quemaba con una intensidad abrasadora y despiadada. Sentía ganas de gritar, tal era el dolor que me producía aquella cuchilla al rojo vivo, incisiva y cruel. Quizá solo quien nunca ha conocido las pasiones experimenta, en la ocasión única en que se presentan, semejantes arrebatos del sentimiento, súbitos como un alud y arrolladores como un huracán; entonces, años enteros se desprenden de su pecho junto con la quebradiza rocalla de las fuerzas jamás utilizadas. Nunca antes y nunca después he experimentado nada similar en cuanto a sorpresa y rabiosa impotencia que, en aquel instante, cuando, decidida a la mayor temeridad (dispuesta a abandonar en un instante toda mi vida, hasta entonces economizada, conservada y preservada), tropecé de pronto con un muro carente de propósito contra el que mi frente chocaba desfallecida.

Lo que hice después solo podía ser igual de irracional, fue una insensatez, incluso una tontería, casi me avergüenzo de contarlo... Pero me he prometido a mí misma y le he prometido a usted no ocultar nada. Pues bien, intenté... intenté recuperarlo... Es decir, intenté recuperar cada instante que había pasado con él... Algo me impelía a visitar todos los lugares donde habíamos estado el día anterior, el banco del jardín del que lo levanté, la sala de juego donde lo vi por primera vez, incluso aquel hotelucho... Todo para vivir de nuevo lo sucedido, aunque fuera tan solo una vez más. Al día siguiente pensaba repetir el paseo por la *corniche* con el fin de revivir cada palabra y cada gesto... Así de absurda, así de infantil era mi ofuscación. Pero tenga usted presente lo fulminantes que habían sido los acontecimientos, apenas había tenido ocasión de sentir más que un golpe desestabilizador. Sin embargo, en ese momento, sacada con rudeza de ese remolino, deseaba recordar y volver a disfrutar lo acontecido paso por paso, gracias a ese mágico autoengaño que llamamos memoria... Son cosas que uno comprende o no comprende. Quizá sea necesario un corazón ardiente para entenderlas.

De modo que en primer lugar me dirigí al casino para buscar la mesa en que se había sentado y, una vez allí, imaginarme sus manos entre todas las demás. Entré en el edificio: recordaba que lo vi por primera vez en la mesa de la izquierda, en el segundo salón. Aún veía con claridad cada uno de sus gestos, habría podido encontrar su sitio incluso sonámbula, con los ojos cerrados y los brazos extendidos. Así que entré en la sala y me dispuse a cruzarla. Y entonces... cuando observaba la multitud desde la puerta... ocurrió algo muy extraño... Allí, justo en el lugar donde me lo había imaginado, allí (¡alucinación de la fiebre!) estaba... él. Él, él... idéntico a como se presentaba en mis ensoñaciones... Exactamente como el día anterior, con los ojos fijos en la bolita, pálido como un espectro, pero Él... Sin ninguna duda, Él.

Me invadió tal pánico que sentí ganas de gritar. Dominando el terror que me causaba aquella visión inverosímil, cerré los ojos. «Has enloquecido... Estás soñando... Deliras de fiebre —me dije—. Es imposible, es una alucinación... Hace media hora que se ha marchado». Entonces abrí los ojos. Pero, para mi consternación, seguía allí igual que antes, en carne y hueso, inconfundible... Habría reconocido sus manos entre las de millones de personas... No, no soñaba: realmente era él. No se había marchado como me juró, el muy loco seguía allí. Había acudido al casino con el dinero que le entregué para el viaje y, del todo poseído por su pasión, se había dedicado a jugar mientras mi corazón se deshacía de anhelo por él.

Un súbito impulso me empujó hacia delante. La rabia me empañó los ojos, una rabia furibunda y frenética que deseaba agarrar por la garganta a aquel perjuro que de modo tan infame había traicionado mi confianza, mis sentimientos y mi abnegación. Pero logré contenerme. Con intencionada lentitud (¡cuantísimo esfuerzo me costó!), me acerqué a la mesa y me coloqué frente a él, gracias a que un caballero me dejó sitio con amabilidad. Nos separaban dos metros de tapete verde; como desde el palco de un teatro, podía contemplar su cara, la misma cara que dos horas antes había visto resplandecer de agradecimiento, iluminada por el aura de la gracia divina, y que ahora desaparecía de nuevo, consumida por el infernal fuego de su pasión. Las manos, las mismas manos que aquella tarde se aferraban al reclinatorio en el más sagrado de los juramentos, ahora se cernían con ansia sobre el dinero como vampiros lujuriosos. Porque había ganado, parecía haber ganado muchísimo: ante él brillaba un montón desordenado de fichas, luises de oro y billetes de banco, un desperdigado caos en el que sus dedos se sumergían satisfechos, aquellos dedos suyos, nerviosos y trémulos. Los vi acariciar y doblar uno por uno los billetes, girar voluptuosamente las monedas y después, de un rápido movimiento, agarrar un puñado y lanzarlo a una de las casillas. Al instante se le crisparon las aletas de la nariz y el aviso del crupier lo hizo desviar los ojos, centelleantes de avidez, del dinero a la bolita; parecía fuera de sí, era como si tuviese los codos clavados a la mesa. Su absoluta obsesión me resultaba aún más terrible que el día anterior, porque cada uno de sus gestos asestaba una puñalada mortal a la hermosa imagen sobre fondo dorado que con tanta credulidad me había formado de él.

De modo que allí estábamos, a dos metros uno del otro; lo observé fijamente, pero no advirtió mi presencia. No me miraba, no veía a nadie. Sus ojos se dirigieron al dinero y llamearon inquietos cuando la bolita comenzó a brincar: todos sus sentidos estaban atrapados en el vertiginoso círculo, que recorrían sin parar. Para aquel ludópata, el mundo entero, la humanidad entera se reducían a aquel tenso tapete verde. Y comprendí que podía pasarme horas y horas allí sin que él imaginara siquiera mi presencia.

No pude soportarlo más. Con repentina decisión, rodeé la mesa, me situé tras él y lo agarré con fuerza del hombro. Levantó la vista y por un segundo se me quedó mirando, perplejo y con ojos vidriosos, como un borracho al que se saca con esfuerzo del sueño y cuya mirada, gris y aletargada, aún se está despojando de las tinieblas interiores. Luego pareció reconocerme, abrió la boca temblorosa, se alegró y balbuceó con familiaridad misteriosa y confusa:

—Todo va a ir bien... Lo supe nada más entrar y ver que él está aquí... Lo he sabido enseguida...

Yo no entendía nada. Pero comprendí que a aquel loco lo embriagaba el juego, y que se había olvidado de todo, de su juramento, de nuestra cita, de mí y del mundo entero. Sin embargo, incluso poseído por aquella obsesión, su delirio me resultaba tan fascinante que, sin pensarlo, me dejé llevar por sus palabras y le pregunté preocupada quién estaba allí.

—Ese anciano general ruso, el que tiene un solo brazo —me susurró, acercándose mucho para que nadie más pudiera oír su mágico secreto—. Aquel de allí, el señor de las patillas blancas; el de detrás es su criado. Gana siempre, lo estuve observando ayer. Debe de tener un sistema, por eso yo hago las mismas apuestas... Ayer ganó sin parar... Y yo cometí el error de seguir jugando cuando se marchó. Me equivoqué... Anoche se llevaría cerca de veinte mil francos... Hoy también gana en cada jugada... y yo siempre apuesto al mismo número... Ahora...

Se interrumpió de pronto porque el crupier gritó con voz penetrante: *«Faites votre jeu!»*. Al momento su mirada se apartó de mí para dirigirse ansiosamente al ruso de patillas blancas, que se mantenía ceremonioso y sosegado y que, con prudencia, primero colocó una moneda de oro en la cuarta casilla para después, dubitativo, añadir una segunda. Al instante las ardorosas manos se sumergieron en el montón y lanzaron un puñado de monedas al mismo lugar. Cuando, transcurrido un minuto, el crupier cantó «Zero!» y su rastrillo limpió la mesa de un solo movimiento, el joven se quedó mirando desaparecer el dinero como si sucediera por arte de magia. Quizá piense usted que entonces se volvió hacia mí, pero no: ya me había olvidado por completo. Me había evaporado, me había disipado, me había esfumado de su vida; todos sus sentidos se concentraban en el general ruso que, con tranquila indiferencia, sostenía entre los dedos otras dos monedas de oro intentando decidir a qué número apostarlas.

Me es imposible describirle a usted mi cólera y mi desesperación. Pero imagínese cómo me sentí al comprobar que para la persona por la que había abandonado mi vida yo no era más que una mosca a la que se espanta descuidadamente con la mano. De nuevo me embargó una oleada de rabia. Lo agarré del brazo con tanta fuerza que se sobresaltó.

—¡Levántese ahora mismo! —bisbiseé, en voz baja pero imperativa—. ¿Qué hay del juramento que hizo en la iglesia? ¡Es usted un perjuro y un infame!

Me miró consternado y se puso muy pálido. Su rostro adoptó una expresión de perro apaleado y sus labios comenzaron a temblar. Pareció recordar todo lo sucedido y sentir horror de sí mismo.

—Sí, sí... —balbuceó—. Oh, Dios mío, Dios mío... Sí... Ya voy... Perdóneme...

Y comenzó a reunir el dinero con un vehemente gesto circular, deprisa al principio, pero después más despacio, como si una fuerza contrarrestara el movimiento. Su mirada se posaba de nuevo en el general ruso, que en aquel momento hacía su apuesta.

—Solo un momento... —Lanzó a toda prisa cinco monedas de oro al mismo número—. Solo una apuesta más... Le juro que me iré enseguida... Solo esta apuesta... Solo...

Volvió a interrumpirse: la bolita había echado a rodar y lo arrastró con ella. Una vez más se me escapaba, se perdía de sí mismo, absorbido por el remolino de la pulida circunferencia donde la minúscula bola rodaba y brincaba. El crupier cantó de nuevo y de nuevo el rastrillo barrió las cinco monedas: había perdido. Pero no lo dejó. Me había olvidado, al igual que el juramento y que la promesa formulada tan solo un minuto antes. La mano ávida y temblorosa volvió a sumergirse en el dinero mientras los ojos centelleantes y embriagados permanecían, como imantados, clavados en el hombre que le daba suerte.

Se me agotó la paciencia y lo zarandeé con todas mis fuerzas.

—¡Levántese ahora mismo! ¡Ya! Me ha dicho que haría solo una apuesta más...

Y entonces sucedió algo que en absoluto esperaba. Se giró bruscamente, pero su rostro ya no era el de una persona avergonzada y confundida, sino el de un loco, el de un demente furioso con los ojos relampagueantes y los labios temblorosos de ira.

—¡Déjeme en paz! —rugió—. ¡Márchese! Me trae mala suerte. Cuando está usted, pierdo siempre. Sucedió ayer y vuelve a suceder hoy. ¡Lárguese!

Me quedé petrificada por un instante, pero su locura desató mi cólera.

—¿Que yo le traigo mala suerte? —le espeté—. ¡Ladrón! ¡Mentiroso! Me ha jurado...

Pero no pude continuar porque, como un poseso, se levantó y me propinó un empellón, sin importarle el revuelo que se estaba levantando.

—¡Déjeme en paz! —vociferó a voz en cuello—. No estoy bajo su tutela. Tenga... Aquí... aquí tiene su dinero —Y me lanzó varios billetes de cien francos—. ¡Ahora déjeme en paz de una vez!

Gritaba muy fuerte, como poseído, sin prestar atención a los cientos de personas que nos rodeaban. Todos nos miraban, cuchicheaban, señalaban con el dedo y se reían, incluso acudieron algunos curiosos de la sala contigua. Me sentí como si me arrancaran la ropa y me quedara desnuda ante todos ellos. «*Silence, Madame, s'il vous plaît!*», ordenó el crupier con voz fuerte y recriminatoria mientras golpeaba la mesa con su rastrillo. Se refería a mí, las palabras de aquel tipo indigno se dirigían a mí. Humillada, muerta de vergüenza, permanecí ante aquella multitud cuchicheante y bisbiseante como una prostituta a la que hubieran arrojado dinero. Doscientos, trescientos ojos indiscretos escrutaban mi rostro, y entonces... al apartar humillada la vista para evadirme de aquel estercolero de vejación, me encontré directamente con un par de ojos rebosantes de sorpresa. Era mi prima, que me miraba estupefacta, con la boca abierta y la mano levantada en un gesto de espanto.

Esa imagen se me clavó en el alma: antes de que ella pudiera reaccionar, recuperarse de la impresión, abandoné la sala a toda prisa. Me sentí arrastrada a un banco en concreto, precisamente al mismo en el que aquel desgraciado se había derrumbado el día anterior. Igual de desfallecida, igual de agotada y de hundida, me desmoroné sobre la dura madera indiferente.

Han transcurrido veinticuatro años y, sin embargo, cuando recuerdo el momento en que me vi golpeada por su desprecio y rodeada por miles de desconocidos, todavía la sangre se me hiela en las venas. Y de nuevo siento con temor una especie de sustancia blanda, mísera y viscosa que seguramente es lo que con tanta grandilocuencia denominamos alma, espíritu o sentimiento, lo que llamamos dolor;

todo eso, incluso en su máxima intensidad, es incapaz de exterminar la carne martirizada, El cuerpo torturado... Porque el corazón sigue latiendo y, a pesar de todo, sobrevivimos a momentos como ese en lugar de perecer y caer fulminados como un árbol alcanzado por un rayo. Por un instante, durante unos segundos, el dolor que me recorrió los miembros fue tan potente que me desplomé en el banco, sin aliento, aturdida y con un anhelo casi voluptuoso de quitarme la vida. Pero acabo de decírselo: el dolor es cobarde y siempre retrocede ante el poderoso instinto de la vida, que hunde sus raíces en la carne más profundamente de lo que el deseo de morir se hunde en nuestro espíritu. Aunque me resultó inexplicable tras aquel golpe aniquilador, lo cierto es que logré levantarme del banco. No sabía qué hacer. De pronto recordé que mi equipaje estaba preparado en la estación y entonces una idea fija surgió en mi interior: irme, irme, irme; marcharme de allí, de aquel lugar infernal. Haciendo caso omiso de la gente, corrí a la estación y pregunté cuándo salía el siguiente tren a París. El portero me contestó que a las diez, y al momento ordené facturar mi equipaje. Las diez... Se cumplirían entonces veinticuatro horas exactas desde el fatídico encuentro; veinticuatro horas llenas de alteraciones emocionales tan bruscas que habían destrozado para siempre mi paz interior. Pero en aquel momento tan solo percibía una palabra, repetida con ritmo trepidante: ¡irme, irme, irme! Los latidos del corazón me martilleaban las sienes: ¡irme, irme! ¡Alejarme de aquella ciudad, de mí misma! ¡Volver a casa con mi familia, retomar mi vida anterior, mi vida verdadera! Viajé toda la noche hasta París; una vez allí, cambié de estación y partí directamente a Boulogne, de Boulogne a Dover, de Dover a Londres y de Londres a casa de mi hijo... El viaje entero en una única huida precipitada, sin pensar, sin reflexionar, veintiocho horas sin dormir, sin hablar, sin comer; veintiocho horas en las que el traqueteo de las ruedas parecía repetir solo una cosa: ¡irme, irme, irme! Cuando por fin, de manera totalmente sorpresiva, me presenté en la casa de campo de mi hijo, todos se asustaron: algo en mi aspecto, algo en mi mirada debía de revelar mi estado. Mi hijo se acercó para abrazarme y besarme. Yo me aparté: no soportaba que rozara unos labios que yo había deshonrado. Evité toda pregunta y tan solo hablé para pedir un baño, puesto que sentía la urgente necesidad de, junto con la suciedad del viaje, eliminar cualquier rastro de la pasión de aquel loco, de aquel ser indigno, que pudiera permanecer adherido a mi cuerpo. Después subí pesadamente a mi habitación y dormí durante doce o catorce horas; fue un sueño denso, pétreo, como no había experimentado antes ni he vuelto a experimentar después, un sueño tras el que ahora conozco cómo es estar muerto y yacer en un sarcófago. Mis familiares me cuidaban como si me encontrara enferma, pero sus atenciones me dolían, su respeto y su consideración me avergonzaban y constantemente debía reprimirme para no gritar que los había traicionado, olvidado y abandonado, y todo por una pasión absurda y delirante.

Me instalé después en una pequeña ciudad francesa donde no conocía a nadie porque me obsesionaba la idea de que mi deshonra, mi transfiguración, resultasen apreciables a simple vista; tal era la intensidad con que me sentía traicionada y mancillada hasta el fondo del alma. A veces, por la mañana en la cama, me asaltaba un miedo terrible a abrir los ojos. Volvía a embargarme el recuerdo de aquel día en que me desperté junto a un desconocido medio desnudo y, como en aquel momento, tan solo deseaba morirme.

Pero al final el tiempo es poderoso y la edad ejerce un efecto apaciguador sobre los sentimientos. Notamos que la muerte se acerca, oscureciendo el camino con su negra sombra, y entonces las cosas se nos antojan menos intensas, ya no nos afectan tan profundamente y pierden gran parte de su peligrosa violencia. Poco a poco me fui recuperando de aquel golpe y cuando, pasados muchos años, conocí en un salón al *attaché* de la legación austriaca, un joven polaco, y este me contó al interesarme por su familia que el hijo de un pariente suyo se había suicidado pegándose un tiro en Montecarlo hacía diez años..., entonces ni siquiera me inmuté. Apenas me dolió, y tal vez (¿para qué negar mi egoísmo?) incluso me hizo bien, pues con él desaparecía mi último temor, el de volver a encontrármelo alguna vez: ya no quedaba contra mí otro testigo que mi memoria. Desde entonces estoy más tranquila. Envejecer no es más que dejar de tener miedo al pasado.

Y ahora comprenderá usted por qué de repente quise relatarle mi historia. Cuando usted defendió a madame Henriette y afirmó con tal vehemencia que veinticuatro horas podían decidir por completo el destino de una mujer, sentí que estaba hablando de mí; me embargó el agradecimiento porque por primera vez me veía justificada. Y entonces pensé: si lo cuento una vez y descargo mi alma quizá desaparezcan el embrujo y el continuo retorno hacia el pasado; y quizá mañana pueda ir al casino y pisar aquella sala donde encontré mi destino sin sentir odio por él ni por mí misma. Así, esta losa se ha desprendido de mi alma y ahora yace sobre el pasado con todo su peso, impidiendo que resurja. Me ha sentado bien contarle a usted todo esto: me siento más ligera y casi contenta... Se lo agradezco de verdad.

*

Se levantó al pronunciar aquellas palabras y comprendí que había terminado. Un tanto azorado, traté de encontrar algo que decir. Pero ella pareció notarlo y se me adelantó:

—No, por favor, no hable... No deseo que conteste a nada, ni que diga nada. Le reitero mi agradecimiento por haberme escuchado y le deseo un buen viaje.

En pie frente a mí, me tendía la mano. Sin querer, levanté la vista y me resultó conmovedor el rostro de aquella anciana señora, que se mostraba amable y al mismo tiempo ligeramente abochornada. Quizá fuera el reflejo de aquella pasión pasada, o quizá fuera la confusión lo que encendía sus mejillas y le coloreaba la cara hasta la raíz del blanco cabello... En cualquier caso, allí estaba como una muchacha, virginalmente turbada por el recuerdo y avergonzada por su confesión. Emocionado, sentí un intenso deseo de expresarle mis respetos con palabras. Pero se me hizo un nudo en la garganta. De modo que me incliné y besé con reverencia aquella mano, marchita y trémula como las hojas del otoño.

DE PRÓXIMA APARICIÓN:

El mundo de ayer

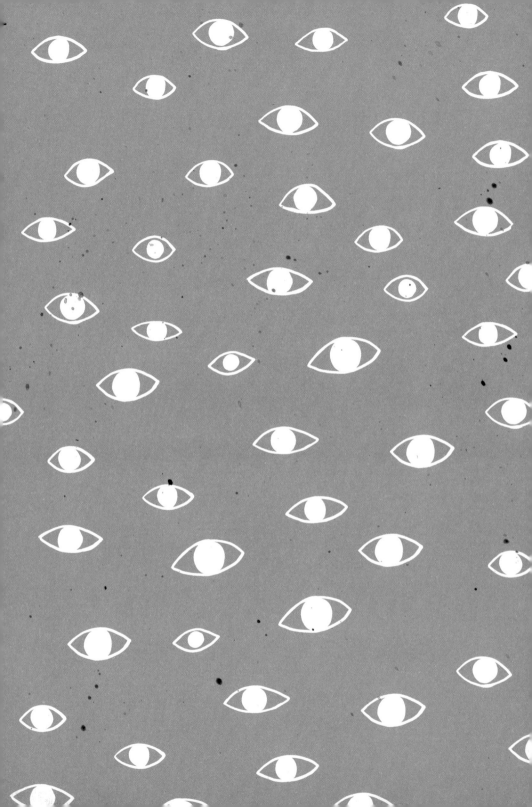